Hertha Koenig · Die lippische Rose

Hertha Koenig
Ausgewählte Werke

Herausgegeben
von Günther Butkus

Hertha Koenig

Die lippische Rose

Roman

Aus dem Nachlaß herausgegeben von
Günther Butkus, Franziska Lütgens
und Martina Seiler

Mit einem Nachwort
von Stefanie Viereck

PENDRAGON

1.

Der Hauptgottesdienst in der Münsterkirche war beendet. Letzte Orgelklänge ließen das Hallelujah wie verebbende Flut noch und noch einmal aufklingen.

Seitlich des Altares begaben sich die Stiftsdamen der freiweltlichen Abtei Herford von ihrem Fräuleinchor herab und schritten durch den Ausgang des Nordturmes auf den großen Platz zu, den die Häuser der Abtei im Halbrund umschlossen.

An diesem schönen Juni – Sonntagmorgen des Jahres 1715 – verweilte man gern noch ein wenig in dem sonnendurchwärmten Hof; während die anderen Kirchgänger – die vom Lande mit den strengen, dunklen Frauentrachten – aus dem Portal schier unaufhörlich herausdrängten, sich in kleinen und größeren Gruppen zusammenfanden, die nun allmählich der Straße zu wieder auseinander strebten.

Die stattliche Äbtissin hatte sich diesmal ein wenig langsamer in ihrem fürstabteilichen Chorgestühl erhoben, von dem sie umschlossen war wie von einem kostbar geschnitzten Schrank. Er entzog sich den Blicken der Gemeinde, wie es einst die Ordensvorschrift der Nonnen verlangte, die seit dem neunten Jahrhundert bis zur Reformation diese Abtei innehatten.

Nun ging sie durch die eigene Tür und betrat den überdeckten Steg, hin zum ersten Stock ihrer Residenz. Der Page öffnete ihr und nahm das Gesangbuch entgegen. Nachdem sie abgelegt hatte, ging sie durch ihre Gemächer, um es sich in ihrem boudoir bequem zu machen und ließ zur Stärkung eine Tasse Schokolade servieren. Es war noch nicht lange her, daß der Leibarzt des verstorbenen Königs dieses dickflüssige, so wohligwärmende Getränk nach Preußen gebracht hatte. Mochten sich die Naturforscher abfällig darüber äußern und seinen Nährwert anzweifeln, mochte der sonnige Junimorgen der Notwendigkeit einer Erwärmung entbehren, – die Vorliebe der Äbtissin für dieses Getränk war von keiner Jahreszeit abhängig. „Gott verzeihe mir diese kleine gourmandise“, sagte sie und war doch selber der höchsten Verzeihung längst zuvorgekommen. Als der letzte, mittlerweile abgekühlte Rest aus der Buchtung der Tasse heraufgeholt war, lehnte sie sich in ihrem Sessel zurück und schloß wohlig die Augen.

Da fiel ihr aber schon wieder etwas ein, was keinen Aufschub erlaubte. Sie warf einen plötzlichen Blick zur neuen, blauen Porzellanuhr hinüber, die auf der gerundeten Kommode stand. Und sie griff nach dem Klingelzug neben ihr an der Wand, um abräumen zu lassen.

Als der Page das Silbertablett mit der großen Tasse hinaustragen wollte, erhielt er die Weisung, drüben im Gästeflügel bei ihrer Königlichen Hoheit, der Markgräfin von Brandenburg-Schwedt anzupochen und zu melden, daß sie noch vor dem Mittagsmahl auf einen Moment von der Frau Äbtissin erwartet würde.

Ein Gespräch bedurfte bei ihr keiner Vorbereitung. Als eine Herzogin von Livland, Kurland und Semgallen war das Wort ihr recht eigentliches Element. Wie schwerfällig erschien ihr doch die Unterhaltungsart der hiesigen Gesellschaft! Da fiel der Hauptanteil immer ihr zu. Trotzdem schien sie jetzt ein wenig angestrengt zu überlegen.

Es dauerte nicht lange, bis ihr die Markgräfin gemeldet wurde. Sie empfing die zarte, fast mädchenhafte Gestalt mit mütterlicher Umarmung und wies ihr den Sessel, um Platz zu nehmen.

Auf einige Fragen, ob sie sich im Kreis der Stiftsdamen wohlfühle, versicherte die junge Frau ausweichend, daß sie sich für ihre Zukunft nichts Besseres wünschen könnte, als hier in der angenehmen Abgeschlossenheit der Abtei zu verbleiben. Wenn sie nur erst die Pflichten ihren halbwüchsigen Kindern gegenüber erfüllt habe. Darauf leitete die Äbtissin zum eigentlichen Zweck dieser Besprechung über.

Gestern am späten Nachmittag sei noch durch reitenden Boten vom Detmolder Hof ein Brief überbracht worden, der auch ihr gelte. Und sie entnahm das ineinandergefaltete Blatt ihrem Sekretär, der beim Öffnen einen süßen Duft von Rosenholz ausströmte. Dann überflog sie die Zeilen.

Graf Friedrich Adolph zur Lippe bitte nicht nur die Äbtissin, sondern auch ihren derzeitigen Gast, die Markgräfin Johanna Charlotte von Brandenburg-Schwedt, zu einem Fest in Friedrichstal. Und sie las vor: „...Der Junius weckt die Begierde, im Grünen sich zu ergötzen. Dahero Wir beschlossen, nach dem Grünen lustierende Gäste zu laden und bieten allerlei Gelegenheiten, der Sommerlust theilhaftig zu werden."

Die Äbtissin hob das reizende Oval der jungen Frau und sagte mit komisch ernster Grimasse: „Nun, meine teure Cousine, scheint sie mir etwa nicht nach dem Grünen lustierend?“ Beide lachten. Das war so echt der kunst- und festbeflissene Friedrich Adolph!

Johanna Charlotte von Brandenburg-Schwedt wandte sich der Äbtissin zu und sah sie mit ihren dunklen Augen voll an. Sie sei doch eine Witfrau und habe sich noch nie wieder in laute Gesellschaft begeben; sie sei doch hierhergekommen, um in der Stille der Abtei ihren Entschluß für die Zukunft noch einmal zu prüfen.

„Aber meine Liebde! Die Trauerzeit ist längst vorüber. Sie wird doch nicht prätendieren, ihr Leben wie in einem papistischen Nonnenkloster zu beschließen. Sind wir doch hier in der freiweltlichen Abtei zu Herford. Es liegt uns nicht an, allen Freuden des Lebens zu entraten. Denke doch an deine ältere Schwester. Nachdem sie nur wenige Jahre Äbtissin hier gewesen, kehrte sie in die Welt zurück an die Seite eines liebenden Gemahles.“

Die Äbtissin wußte, daß auf ihr Erscheinen bei solchem Fest großer Wert gelegt wurde. Aber auch Johanna Charlotte gehörte zu den bevorzugt Geladenen. Nicht nur, weil sie die Schwester der früheren und Verwandte der jetzigen Äbtissin war. Die Schwester der Gräfin zur Lippe freute sich darauf, endlich ihre liebe Jugendgespielin wiederzusehen. Darum hatte Friedrich Adolph diese beiden Frauen schon zu Mittag geladen; nicht ohne den Wunsch, ihnen nach beendeter Mahlzeit recht eingehend die neuentstandenen Gartenanlagen der Favorite vorzuführen.

Sie sei nach den Trauerjahren nicht einmal im Besitz

eines Festkleides, das nach der großen Wandlung der Mode noch angehen könnte, wollte Johanna Charlotte wiederum abwehren. Da bedeutete ihr die Äbtissin, daß es schlechthin unmöglich sei, diese Einladung auszuschlagen. Sie müsse doch bedenken, daß die Grafen Lippe zu den Tutoren zählen, die sich den Schutz der Abtei angelegen sein lassen.

Sinnend blickte sie zum Fenster hinaus in ihren Garten. Als erwarte sie, daß ihr von dort unten etwas entgegenwachse wie die schöne Absicht einer verheißenden Knospe. Plötzlich wandte sie sich der Markgräfin zu, indem sie ihr Antlitz betrachtete mit dem Wohlwollen der Älteren. Und – nun ganz die große Weltdame, die sie einst gewesen, mit einer bezwingenden Vertraulichkeit: „Höre, mein Kind, du wirkst ja viel jünger als andere in deinen Jahren; und bist recht prädestiniert für eine glückliche Zukunft. Bedenke doch: wie manche Männer verlieren ihr Weib im Kindbett und wünschen nichts so sehnlich wie eine zweite Mutter für ihre Kinder, bei der sie den Liebreiz der Jugend nicht zu entbehren brauchen.“ Und als wollte sie jede Abwehr hindern, sprach sie in schnell, schnell sich folgenden Worten, begleitet vom eleganten Spiel ihrer ausdrucksvollen Hände.

Eine kurze Weile blieb es still. Forschend suchte sie in dem Blick der Markgräfin. Als sie jedoch den gleichmäßig ruhigen Zügen keinerlei Zustimmung entnehmen konnte, brach sie ebenso plötzlich ab, wie sie zuvor begonnen hatte. Und, wieder ganz Äbtissin ihrer zukünftigen Kanonissin gegenüber: „Was das Kleid betrifft für das Detmolder Fest, so wende dich nur an die Korff und die Steinbeck. Sie werden dir sagen, ob etwa Lemgo ratsam wäre oder Minden."

Von den Stiftsdamen wurde fortan kaum etwas anderes besprochen als das Festkleid der Markgräfin.

Daß die Reichsstadt Lemgo nicht in Frage käme, war bald entschieden. Obzwar die dortige Madame Schnatmeyer vortrefflich zu nähen und zu probieren verstand. In Minden bei der Finkeldei aber sei die Auswahl an französischen Stoffen reicher und im Geschmack erlesener.

Johanna Charlotte stand im Lehensaal vor dem Bildnis der Landgräfin Elisabeth von der Pfalz, das sie in der Jugend zeigt, ehe sie die weitgerühmte, strenge Äbtissin von Herford war. Vor fast siebzig Jahren trug sie der damaligen Mode entsprechend eine Robe aus schwarzem, gepresstem Sammet; um den Halsausschnitt einen breiten, hochgestellten Spitzenkragen aus venetianischer Nadelspitze.

'Wenn ich doch solch schwarzes Kleid tragen könnte', dachte die Markgräfin. Sie besaß einen ähnlichen Kragen aus byzantinischer Spitze einer langvergangenen Zeit; das Muster solch eines dichten Stückes mutete an wie ein blühender Garten. Aber: heute wird solch breite Spitze nicht um den Halsausschnitt gestellt; und schwarz sei aus der Mode verbannt, hatte die Mindener Kleiderkünstlerin gesagt, und würde erachtet als ein Maskenkleid à l'Espagnole.

Unzählige Stoffe hatte die Finkeldei vor ihr ausgebreitet. Die Damen von Korff und Steinbeck ließen es sich nicht nehmen, bei der Wahl zugegen zu sein. Wie entzückten sie sich, wenn die Schneiderin solch eine Rolle schweren Brokates nach der anderen vor ihnen auf den Tisch gleiten ließ und es einer der Damen anhielt in der reichen Faltung damaliger abstehender Röcke. „Dieser Goldbrokat muß es sein mit den Blüten in bleu mourant!“ Bei jedem neuen Stück steigerte sich der Beifall. Aber keinem wollte die Markgräfin zustimmen. Endlich – „ein modester Resede-Brokat mit Blüten in rose fanée.“ Den wählte die Markgräfin. Er würde ihr gut stehen, erklärte die Schneiderin, flattiere dem zarten Apricot-Timbre der Haut sowie den dunklen Augen.

Bei den Gesprächen der älteren Stiftsdamen handelte es sich um das Festkleid der Äbtissin. Die Jüngeren spöttelten: „Sie alterieren sich beim Gedanken, es könne zu sehr von der strengen Ordenstracht abweichen. Die Landgräfin Elisabeth von der Pfalz habe in späterem Alter auch bei Festlichkeiten nur die Ordenstracht angelegt. Aber die Zeiten haben sich doch geändert! Wir leben doch nicht hinter Klostermauern. Unser Gelübde bringt uns nirgend in Widerspruch zum veränderlichen Zeitgeist. Hätten nicht auch unsre Mütter sich aufgeregt, wenn sie erlebt hätten, wie heute die jungen Frauen die strenge Form mißachten; ihre Herzen feil halten und gar unerlaubte Küsse dulden?“

„Sie haben auch früher verstanden, Feste zu feiern! Selbst die Landgräfin, die strenge Äbtissin. Auch damals waren unsere Weinkeller nicht leer. Die Landgräfin gerade hatte ihre Freundschaften.“

Aber das sei doch etwas anderes gewesen. „Die Freundschaft mit dem französischen Philosophen Descartes hatte gewiß nichts Galantes an sich. Da handelte es sich um das ernste Suchen nach Wahrheit im freien Aufklärungsgeist jener Zeit. Dabei erkannte sie, daß wirkliche Wahrheit, die den Weg zur menschlichen Änderung und Entwicklung frei macht, nur bei Christus zu finden sei."

Diese Äbtissin war der Stolz der Abtei gewesen. Die zehrte immer noch vom unverwelkten Glanz der Verehrung im weiten Umkreis ihrer Einflußsphäre.

Die Sympathien für die derzeitige Äbtissin waren geteilt. Von den jüngeren Stiftsdamen wurde sie bewundert, vor allem wegen ihrer freizügigen Art, ihre Pflichten herrscherlich zu meistern. Und weil man dahinter gelegentlich ein fühlendes Herz erkannte. Man brauchte ihr einen Kummer nicht erst zu unterbreiten; sie hatte ihn gesehen, nahm die Betroffene mit in ihr Audienzzimmer zu einer klugen Herzenserforschung und entließ sie getröstet. Den Älteren war sie zu wenig nachgiebig. Keiner kam gegen ihren Willen an. Und alles mußte sie selber tun. Darum hatte sie sich in letzter Zeit sogar dagegen gesträubt, aus dem Kreis der Stiftsdamen eine Koadjutorin zu erwählen.

Hunderte von Höfen und Oberhöfen waren der Abtei zinspflichtig. Etliche erfüllten ihre Abgaben nicht und mußten gemahnt werden. Solche Kontrollfahrten unternahm die Äbtissin in eigener Person. Dabei galt doch für sie die gleiche Verordnung wie für den Fürsten: daß er dem Lehenprobst das Wort überlasse, sowie das Abnehmen von Eid und Handschlag. Die derzeitige Äbtissin ließ keinen Bescheid oder Befehl hinausgehen, ohne ihn zu kennen und nachgeprüft zu haben. Jede Lehen-Investitur ließ sie sich vom Vogt vorlegen; und sie änderte daran was ihr nicht günstig erschien.

Mit den Räten der Stadt Herford hatte sie langwierige Streitigkeiten. Dauernd fühlte sie sich angegriffen in den Rechten der Abtei. Selbst ihrem Vetter, dem König von Preußen, sagte sie gelegentlich den Kampf an.

Diese Herzogin von Kurland, Livland und Semgallen war eine Verehrerin vom Zaren Peter dem Ersten. Eine der wenigen Persönlichkeiten, die den russischen Herrscher in seiner Größe erkannt hatten und ihn in seiner harten Strenge verstanden. Die sahen, welch eines Willens es bedurfte, um diese weiten russischen Land- und Urwaldflächen zusammenzufassen und Grundsteine der Ordnung in den unbearbeiteten Boden zu legen.

Das erkannte die Mehrzahl der Balten nicht; *wollte* es nicht erkennen. Sie sahen sich in ihren Standesvorrechten angegriffen und antworteten mit heimlichem Widerstand. Es lag ja noch nicht weit zurück, daß nach der großen Schwedischen Niederlage bei Poltawa die baltischen Provinzen an Rußland fielen; weil Zar Peter die Türken gegen Schweden unterstützt hatte. Solch jäher Besitzergreifung seitens der Russen begegnete der baltische Adel mit Mißtrauen, weil hinter seinen Grenzen das Land bisher asiatisch war. Dieser neuen Großmacht, erst im Entstehen begriffen, sollten nun die alten ritterschaftlichen Familien untertan sein!

Sie waren dem deutschen Reichsadel blutsverwandt, unter den Schweden rein deutsch geblieben. Und nun: unter die Botmäßigkeit des russischen Zaren geraten!

Die evangelischen Balten hatten umsonst für ihre Glaubensausübung gefürchtet; ebenso für ihren Besitz. Das alles wurde vom Zaren nicht angegriffen. Aber die Vorzüge der Geburt bedeuteten ihm keine Gewähr, wo es sich um Verleihung von Amt und Würden handelte. Er entschied allein nach Tüchtigkeit. Das war für die Ritterschaft Grund genug, ihn abzulehnen.

Anders beurteilte König Friedrich Wilhelm der Erste von Preußen den russischen Herrscher. Unbestechlich in seinem Sinn für spartanische Einfachheit verfolgte er gespannt dessen vorurteilslose Bestimmungen und Handlungen und erkannte darin seine eigenste Art, den Herrscherpflichten zu begegnen.

Darum geschah es nicht von ungefähr, wenn er die Äbtissin von Herford bei jeder Gelegenheit unterstützte. Mochte sie ihm oft noch so unleidlich sein mit ihrem unaufhörlichem Handeln. Sie hatte den Zaren erkannt und zollte ihm Verehrung. „Ein ganz vernünftiges Frauenzimmer." Höchstes Lob, das der Soldatenkönig einer Dame gewährte.

2.

Jedes Jahr feierte der Detmolder Hof seine weitberühmten Gartenfeste. Das war doch Sinn und Ziel der großartigen Bauten und Parkanlagen mit ihren Wasserkünsten, die immer noch nicht als vollendet galten.

Von einem Mal zum anderen ward den Gästen eine neue Überraschung zuteil: Geschnittene Hecken, Säulengänge, Fontänen. Das erinnerte immer mehr an die Schöpfungen des Sonnenkönigs, an seinen Zaubergarten von Versailles. Oder an Wilhemshöhe, wo der Kurfürst von Hessen-Kassel die unzähligen Terrassen hatte bauen lassen, daß die Wasser den steilen Berg herabstürzten und -spritzten in überschäumenden Kaskaden. Dort fehlte der eigentliche Mittelpunkt. Schloß Moritzheim war im großen Krieg zerstört worden. Wohl gab es dort oben einen See, auf dem die Hofgesellschaft sich in Schiffen vergnügen konnte; aber sie mußte im Wagen dorthin gebracht werden. Nirgend in deutschen Landen fand sich eine Wasserstraße, wie sie solch zaubrischen Lustgarten wie Friedrichstal mit der Residenz Detmold verband. Diesen großartigen Plan hatte Graf Friedrich Adolph aus Holland mitgebracht. Dort war so etwas nichts Ungewöhnliches. Dort gab es Wasser in Fülle. Kanäle und Gräben durchzogen die Wiesen. In Detmold aber mußte der Weg für die Schiffe erst mit viel Kunst und mit großem Arbeitsaufwand hergestellt werden. Vormals gab es hier ja nur den breiten Burggraben, der das Schloß unmittelbar umgab, und anschließend den kleinen Wasserlauf des späteren Kanals.

Die Bachläufe kamen nicht von selbst und boten ihre Tragkraft an. Die Quellen des Büchenberges reichten bei weitem nicht aus. In „Piepen“ aus Holz oder Ton wurde das Wasser herzugeleitet, damit es sich im Krötenteich sammle, unter den Riesenaugen der steinernen Urkröte. Drei große Schleusen hatten gebaut werden müssen, um den Wasserspiegel auszugleichen.

Bisher war es nicht immer glatt abgegangen bei den festlichen Wasserfahrten. Es kam vor, daß die Schiffe unterwegs leck wurden – Angst und Schrecken der Damen um ihre Brokatkleider. Oder es gab einen Aufenthalt bis nahe an eine Stunde, weil sich das Wasser in der Schleusenkammer erst sammeln mußte, bis es das Schiff hinaufheben konnte. Darum mußte der „Piepenbohrer“ jedem Hemmnis auf die Spur kommen. Mit großem Aufgebot von Bauern und Soldaten wurde gegraben.

„Daß mir ja Pech und Hede zur Hand ist, falls doch sollte Wasser eindringen“, sagte Graf Friedrich Adolph zu seinem Intendanten. „Wenn nur die Maulwürfe nicht wieder den Damm durchfressen! Daß es ja keine Verzögerung gibt! Das würde mich schröcklich verdrießen!“

Da lagen nun die drei Schiffe im Detmolder Burggraben vor Anker. Zwei für die Gäste und eines, die „Treckschuit“, für den Proviant. Diesmal sollten die Gäste am Tage des Festes im noch unfertigen neuen Palais, der „Favorite“, empfangen werden, um am dortigen Landungsplatz die Schiffe zu besteigen.

Die Äbtissin hatte die Markgräfin Johanna Charlotte

am Vormittag in ihrem Landwagen vorausgeschickt, damit sie ihre Jugendfreundin aus Hohensolms schon vor der Mittagstafel begrüße, wie die Einladung es vorgesehen hatte.

Wenn Johanna Charlotte an Hohensolms dachte, sah sie immer die Sonne scheinen. So hell und froh war dort alles gewesen. Das liebliche Land mit den waldigen Bergen; die südlichere Luft; im Schloß die kleinen weißen Säle. Und immer viele Kinder und junge Menschen. Sie hatte ihre Altersgenossin seit der Mädchenzeit nicht mehr gesehen.

Als Johanna Charlotte eintraf, war die Kinderschar schon im Feststaat; die sieben Jüngsten aus der zweiten Ehe Friedrich Adolphs mit Amalie Solms.

Sie sahen gar niedlich aus. Die Mädchen so altklug in ihren steifabstehenden Brokatröcken und den tiefen Schneppentaillen mit dem großen Ausschnitt. Daß die jüngeren Knaben sich noch balgten, als der Gast eintrat, hatte die Haushofmeisterin zum Glück übersehen.

Von den sechs Kindern erster Ehe lebte nurmehr der Erbgraf Simon Henrich. Er war ein hochaufgeschossener Jüngling von einundzwanzig Jahren mit nachdenklichem, ein wenig enttäuschtem Gesichtsausdruck.

Gleichzeitig mit der Markgräfin war noch ein befreundetes Ehepaar eingetreten, Prinz und Prinzessin von Waldeck mit ihrem Gast, dem alten Onkel Johann von Isenburg. Als der von Simon Henrich begrüßt wurde, zeigte er mit der Hand, wie groß dieser Erbgraf damals war, als er ihn, etwa siebenjährig, zuletzt gesehen hatte.

„Wir standen auf dem bäuerlichen Hofe Pöppinghausen und bewunderten, wie weiland Eure hochgeborene Großmutter, Gräfin Amalie, dort alles so prächtig umgewandelt hatte. Ich machte den Vorschlag, den Kumpsthaufen dort fort zu bringen; das werde den lieblichen Aspekt noch bedeutend erhöhen. Da rief der kleine Simon Henrich: 'Das kann die Frau Großmutter nicht! Den Mist kann nur der Smakepepper aufladen; der ist gewaltig schwer.'"

Nun erinnerte sich lachend auch Graf Friedrich Adolph. Sein Sohn habe sich ja immer bei der Großmutter auf dem Hof zu schaffen gemacht. Der Gast aber wußte noch mehr: Gräfin Amalie habe darauf wiederholt: „Das *kann* die Frau Großmutter nicht und das *will* sie nicht. Denn zuerst kommt der Kumpst. Wenn er der Scheuer eine gute Ernte eingebracht hat, mag ich drüben auf der anderen Seite des Hofes an Verschönerung denken."

Und der Onkel Johann erinnerte daran, wie sie sich damals das Anwesen hatte überschreiben lassen, das bis dahin verschuldet war; wie sie dann selbst alles in die Hand genommen hatte, die Leute auf dem Feld beaufsichtigte und zugriff gleich einer Bäuerin. Und wie sie nach Jahresfrist stolz war, einen Überschuß aufweisen zu können. Dann erst gab sie ihrem Wunsche nach, Pöppinghausen in einen Herrschaftssitz umzuwandeln. „Sie hat doch als Erste den Plan gefaßt, hier eine respektierliche Residenz zu schaffen! Ein herrliches Weib!", schloß der alte Prinz begeistert.

Friedrich Adolph war bei solchem Lob seiner verblichenen Mutter nie so recht wohl. Zwar hatte er die Lust am Verschönern und Gestalten von ihr geerbt; nicht aber die tatkräftige Tüchtigkeit praktischer Wirtschaftslenkung. Darum hatte er sich in Nivelin Blume einen Intendanten ernannt, der als Oberaufseher und Rechnungsführer geduldig alle hohen Aufträge entgegennahm und weiterleitete, und der außerdem die Sorgen um den gräflichen Geldsäckel für sich behielt.

Während der Mittagstafel wurden Erinnerungen an Hohensolms ausgetauscht. Die sonnendurchwärmte Luft dieses Jugendlandes schien den Speisesaal des Detmolder Schlosses zu durchdringen. Eine wohlige Freude erhellte die Gesichter. Besonders der Mutter, Gräfin Amalie, ging das Lob ihrer Heimat angenehm ein. Auch die stille Markgräfin blühte im Frohsinn auf.

Plötzlich im Tumult der Unterhaltung gewahrte sie, daß zwei große, verträumte Jünglingsaugen verzückt auf ihr ruhten. Sie nahm ihr Glas und nickte Simon Henrich freundlich zu, wie um ihn aufzuwecken. Aber es war, als könne er nicht zurückfinden aus seiner Verzauberung; als ginge ihn das Scherzen und Erinnern der anderen nichts mehr an.

Nach beendeter Mittagstafel, als alle sich erhoben und die Pagen die Stühle zurückgezogen hatten, bestieg man die Wagen; und die Pferde trappelten über die hölzernen Zugbrücken des Burggrabens und griffen aus durch die Allee der kürzlich entstandenen Neustadt hin zum Schlößchen Favorite.

Der Junimond hatte sein Bestes getan; hatte Wärme und Wachstum gespendet und doch so viel Zurückhaltung geübt, daß sich die Blüten die Nächte über erfrischen konnten, um einer längeren Dauer zu genießen.

Darum prangte auch der Rosenstrauch, den Friedrich Adolph im Frühling aus den Niederlanden mitgebracht hatte, in der Überfülle seiner prächtig roten Blüten. Als wären sie alle zu diesem Tag aufgespart. Nicht flatternd, wie man bisher die Rosen kannte; sondern in sich geschlossen und lieblich schmachtend in den schmalen, langgezogenen Knospen. Ein Geschenk für seine Gattin. Sie hatten beide darauf gehalten, daß er bis zum heutigen Tag keiner seiner Blüten verlustig ging; wenn sie sich gleich jeden Morgen neu öffneten aus den vollen Knospenbüscheln; keine durfte gebrochen werden.

Diese Kostbarkeit seinen Gästen vorzuführen, war des Grafen begierige Erwartung.

Die Gäste schritten voll Behagen durch die neugeschaffenen Anlagen. Dunkel und ernst hoben sich die Zypressenbäume vom weiß durchwölkten Himmel ab. „Die hat mir der Hauptmann Zütterich aus Köln besorgt", erklärte der Graf. Von der Treppe führten zu beiden Seiten Laubengänge aus Hainebuchen um den Rasenplatz mit der Fontäne. Durch künstlich geschnittene Heckentore ging es zu den Blumenbeeten. Inmitten des einen leuchtete es glutvoll – der bewunderungswürdige Rosenstrauch.

Während er noch von den Gästen bestaunt wurde, hatte sich augenblicks des Grafen Antlitz verfinstert. Er rief seinen Sohn herbei. Und mit zornigen Augen auf die Wurzel des Rosenstammes weisend, um den fünf

Büschel Unkraut sich's wohl sein ließen: „Was ist das?! Gehe er sogleich und rufe den Gärtner her!"

Simon Heinrichs Züge drückten peinliche Bestürzung aus; der Unwille stand darauf, dem guten alten Mann solch öffentliche Beschämung zuzumuten. Johanna Charlotte hatte es seinen Zügen abgelesen.

Kaum war der Jüngling hinter den Laubengängen entschwunden und hatte sich der Graf im Gefolge seiner Gäste einige Schritte entfernt, als sie ihren weitgefalteten Rock aus dem rosageblumten Resede-Brokat zusammenraffte, mit einem leichten Schwung in das Beet sprang und – eins, zwei, drei, vier, fünf – die kleinen Unkrautbüschel mit spitzen Fingern herauszog, sich umwandte, auf den Weg zurückfederte, das Unkraut in den Hainebuchen verbarg und ihre Hände mit dem Spitzentüchlein abwedelte.

Die anderen standen verstummt. Dann brachen sie in Lachen aus. Der Graf und seine Gäste drehten sich um und kamen neugierig zurück. Was denn geschehen sei? Eine Handbewegung wies zum Rosenstrauch hin. Als dann das Unerklärliche begriffen wurde, geriet er außer sich vor Entzücken.

„So etwas vermag niemand anderes zu tun als eine Anhalterin! Darin zeigt sich die Schwester ihres Bruders Leopold!" Und er fing an den Marsch zu summen, den die Truppen ihrem Bruder beim siegreichen Einzug in Turin geblasen hatten; seither sein Lieblingsmarsch: „So leben wir, so leben wir..." – „So leben wir alle Tage", fielen die anderen begeistert ein. Der Graf dirigierte den ganzen Vers zu Ende und sang aus voller Kehle.

Das Antlitz der schönen Schwester des Anhalters glühte.

„Vergönne mir“, bat Friedrich Adolph, „daß ich dir einen Wunsch erfülle!“

Johanna Charlotte besann sich nicht lange: „Daß er dem Gärtner die Réprimande erspare; er konnte nichts dafür, denn das Mierenkraut mag man herausreißen wie oft man will; kaum, daß man den Rücken gedreht hat, ist's schon wieder da.“

Wortlos schritt der Graf die gleiche Richtung wie zuvor Johanna Charlotte auf den Rosenstrauch zu; wählte einen Augenblick, um die schönste seiner Blüten abzubrechen. Dann kam er, tat einen Kniefall vor ihr und überreichte ihr die Rose.

In diesem Augenblick war Simon Henrich mit dem Gärtner eingetroffen. Als er die überschwengliche Szene sah, seinen Vater knieend vor der Markgräfin, der Dame *seines* Herzens, flammte Zorn über sein Gesicht. Der begeisterte Graf trat an den Gärtner heran, griff in seine Tasche und händigte dem Erstaunten einen Louis d'or ein, – „weil er so trefflich die Beete von Unkraut säubert.“ Und zu den Gästen gewendet: „Er ist nämlich ein Türke; in der Ungarnschlacht bei Neuhäusel gefangen. So bekam er den Namen Neuhäusel; wurde getauft, ist ein guter Christ geworden und der beste Gärtner.“

Alle fühlten sich durch diesen flüchtigen und doch eindrucksvollen Augenblick in die festlichste Stimmung gehoben.

Einzig Simon Henrich verharrte in düsterer Abkehr.

3.

Die Äbtissin von Herford hatte weder dem Wunsch der älteren Stiftsdamen entsprochen, die für das Fest nur die strenge Ordenstracht als angemessen erachteten; noch die der jungen, die sagten: „Warum soll unsere Äbtissin nicht ein buntes Festkleid à la mode tragen? Sie würde sich superb darin ausnehmen."

Charlotte Sophie von Kurland, Livland und Semgallen hatte eine prächtige, einfarbig graue Brokatrobe gewählt. Der hauchfeine Mullstreifen im großen Halsausschnitt war nicht in bläulichem Weiß gehalten, sondern in „couleur de perles", dieser zarten Farbdeutung Augusts des Starken. Auf der linken Brust trug sie den kostbaren Stiftsorden aus Gold, Emaille und Edelsteinen; von der rechten Schulter schräg herab das breite, rote Ordensband, von Goldpunkten umsäumt, das auf der linken Hüfte geschlungen, mit einer Diamant-Agraffe gehalten war. Es hätte nicht des fürstlichen Hermelinumhangs bedurft. Ihr stark geprägtes Gesicht mit dem ausdrucksvollen Kinn und den klugen Augen verriet ohnedies die Herrscherin.

Nun saß sie in ihrer Staatskalesche. Hinter den sechs Trabern, die noch aus dem königlichen Gestüt ihres Vaters stammten. Nicht mehr die Jüngsten. Aber ihre schlanken Beine hatten noch einen waagerecht gestreckten Vorwärtszug.

Die Landschaft flog vorüber. Zur linken die sommerlichen Felder und Wiesen, wie sie kraftgesättigt sich hinzogen bis an die dunklen Wälder der Lipper Berge; und drüben weithin zu den Höhen des Teutoburger Waldes.

Das gleichmäßige Aufschlagen der Hufe machte schläfrig, nahm die Gedanken mit und trug sie fort in die baltische Heimat.

Dort waren es acht unbändige Orlowtraber gewesen, wenn sie ihren Vater zu den Festen in der weitverstreuten Nachbarschaft begleitete. Unwillkürlich fühlte sie den weichen Pelz der Schlittendecke und darunter ein prächtiges Gewand. Sie liebte es, bewundert zu werden, im Mittelpunkt zu stehen.

Das lag nun weit zurück; war alles vorüber.

Alles? Sie verstand noch genau wie damals zu unterhalten. Erbteil der baltischen Heimat. Dort sitzt man nicht stur beieinander und besinnt sich, was man reden könnte. Dort fließt es jedem von den Lippen. Der Scherz funkelt auf und versprüht zwischen den geschwinden Sätzen... Einmal wieder ein Gespräch! Bei dem die Gedanken sich die Hand reichen; nicht nur die Worte...

Von ihren beiden jungen Vorgängerinnen wußte sie, daß die Huldigungen, die ihnen entgegengebracht wurden, weniger ihnen galten als der großen Äbtissin Elisabeth von der Pfalz. Sie hatte in Briefwechsel gestanden mit Malebranche und Leibniz; gar der französische Philosoph Descartes hatte ihr eine Huldigung dargebracht, deren Schluß in der Abtei so häufig wiederholt wurde, daß jede ihn auswendig wußte: „Alles, was von seiten der Kenntnis her zur vollkommenen Weisheit nötig ist, wird bei ihnen gefunden; aber nicht weniger das, was man von seiten des Charakters dazu verlangt: nämlich im Bunde mit Erhabenheit, Großmut und Milde; Tugenden, die durch die fortwährenden Schläge des Geschicks bei Ihnen nicht gebrochen worden sind. Diese Eigenschaften haben mich Ihnen so verbunden, daß ich Ihrer Weisheit meine Philosophie widmen zu müssen glaube und den Wunsch hege, nicht *mehr* Philosoph zu heißen als Ew. Hoheit ergebenster Diener.“

Äbtissin Charlotte Sophie hegte ehrliche und neidlose Bewunderung für diese Frau. Mit ihr hätte man sprechen mögen. Wenn sie auch im späteren Alter sich engeren pietistischen Kreisen zuwandte. Ihr großes, weitwirkendes Wesen hatte sie nie verloren.

Mittlerweile tauchten die Türme von Detmold auf. Dort wurde sie erwartet; wurde sogar gebraucht. Und sie wußte, warum.

‘Mon Dieu, sind sie hier ignorant! Ihre Gedanken reichen nur bis Paris; höchstens noch nach Wien hin. Schon was bei uns drüben vorgeht, berührt sie nicht. Was Zar Peter für Kriege führt und wie er aus weglosen Wäldern und Steppen ein gewaltiges Reich entstehen läßt, danach fragen sie nicht. Aber – daß er eine unebenbürtige Frau sich hat antrauen lassen, das bringt die Gesellschaft hors d’elle même.’

Die Mehrzahl der Gäste war schon versammelt, als die Mitte des weißen Saales in der Detmolder Favorite gleichsam sich öffnete und frei wurde, das Stimmengesurr sich dämpfte und alle Blicke der Tür entgegendrängten, wo das breite, rote Ordensband auf dem grauen Brokatkleid sich abhob und *sie* eintrat: die Fürstäbtissin von Herford.

Friedrich Adolph beglückwünschte sich in huldigenden Sätzen zu ihrem Erscheinen und sorgte dafür, daß die unbekannten Gäste ihr vorgestellt wurden.

Immer dichter füllte sich der Saal.

„Ah, mein lieber Nicol", sagte die Äbtissin mit Wärme und streckte einem hochgewachsenen Herrn von mittleren Jahren beide Hände entgegen. Und sie stellte vor: „Mein lieber Nicol."

„Wie heißt er bitte?" Niemand wußte es. Er wurde Erlaucht angeredet und hieß nun allgemein Graf Nicol. Seine crêmefarbene Atlasweste mit geschmackvoll gestickten Blumengirlanden zwischen den Goldknöpfen zog den Blick an. Das Spitzenjabot saß etwas zu tief unter dem sehr langen Hals.

Und wieder: „*Wer* ist er?" Endlich die dürftige Erklärung: ein verwandter oder befreundeter Schützling der Äbtissin von Herford. Er habe vor Jahresfrist seine Frau im Kindbett verloren.

Als dieser Satz auch zur Markgräfin Johanna Charlotte kam, wußte sie, daß die Äbtissin neulich, als sie ihr die Einladung übermittelte, nicht irgendwelche Männer gemeint hatte, die sich eine zweite Mutter für ihre Kinder wünschten, sondern diesen einen Einzigen, ihren verwandten oder befreundeten Schützling, den Grafen Nicol.

Viele der Gäste hatten das neue Palais noch nicht unter Dach gesehen. Darum ging man paarweise die

Wände entlang, um die Gemälde und Surporten des berühmten Malers Rundt zu betrachten. Dazwischen hörte man Friedrich Adolphs erklärende Stimme: „Stuckarbeiten und Vergoldungen stammen vom italienischen Künstler Camminata."

Als die Begrüßungsfeierlichkeiten beendet waren, ertönte die Schiffsglocke. Signal zur Abfahrt. Man trat aus dem Portal. Wenige Schritte führten zur Landungsstelle.

Der Blick auf die Flottille löste Entzücken aus. Zwei Reihen von Pagen in blitzend neuen Monturen flankierten den Zugang zu den Schiffen; jeden Augenblick gewärtig, Hilfe zu leisten. Doch beim Einsteigen ließen die Herren es sich nicht nehmen, ihren Damen beizustehen.

„Das mutet ja an, wie eine reprise der Ècossaise, die den Ball eröffnet", rief belustigt eine Fürstin-Mutter, als ihr der Gastgeber galant die Hände über die Hüften legte, um den gewagten Schritt in das schwankende Boot zu erleichtern. Es konnte wirklich der Bewegung des Tanzes verglichen werden; dieses kettenschwingende Händereichen beim Hinunterspringen und Plätzefinden, das Gleichgewichthalten, wenn die eine Schiffseite drohte Wasser einzuschlucken. Dann, gleich einer Verbeugung, der feierliche Augenblick, da die Seile gelöst werden und das Schiff über die Fluten gleitet.

Des Grafen Antlitz leuchtete. Es war diesmal wirklich gar nichts mehr auszusetzen. Die Schiffer stießen mit ihren Stangen so gleichmäßig vom Grunde ab, daß man kaum eine Erschütterung verspürte. In einiger

Entfernung folgte die Treckschuit, an einem Seil vom Ufer aus durch ein braves Pferd gezogen.

Die ganze Stadt Detmold betrachtete das Fest als ihr eigenes. An den Kanalufern entlang standen die schaulustigen Bürger. Und als es am Hospital „zum Heiligen Geist" vorüberging, waren die offenen Fenster ausgefüllt von verbundenen Köpfen. Alles grüßte die bunte Fahne mit dem Landeswappen: die Lippische Rose, die am Bug des ersten Schiffes flatterte. Man wußte, daß sie ein Kunstwerk sei, daß der Maler 24 Taler dafür verlangt hatte.

Die Brokatkleider der Damen, die schimmernde Haut in den großen Halsausschnitten, Edelsteine in verwirrendem Glanz – das Bild war berauschend.

In solchem Augenblick fühlte jeder mit Stolz, wie weit es die Residenzstadt Detmold in den Regierungsjahren des Grafen Friedrich Adolph gebracht hatte.

Die Unterhaltung in den Schiffen beschränkte sich auf die beiden Nachbarn, die einem der Zufall beim Einsteigen zugewürfelt hatte. Nicht immer nach Wunsch. Umso freier vermochten die Augen für später zu wählen. Allen Blicken der Bewunderung und des Verlangens war der Weg offen; sie durften verweilen, wo es ihnen gefiel.

4.

Die galante Szene mit der Rose hatte sich schnell von Mund zu Mund herumgesprochen. Sie zog vieler Augen auf die junge, schöne Markgräfin. Wer von den Damen wünschte sich nicht an ihre Stelle? Aber sonderbar – sie selbst schien gar nicht ganz gegenwärtig zu sein; unerreichbar für die Ströme der Sympathie, die ihr von Seiten der Kavaliere entgegenkam. Sie lächelte bisweilen versonnen vor sich hin; um gleich wieder in eine unsichtbare Ferne zu enteilen.

Nun hatte die letzte Schleuse die buntprangende Fracht bewältigt, und es ging durch das künstlich ausgebaute Bett der Berlebeke, immer näher an den verheißungsvollen Waldausschnitt heran, hinter dem die grünen Berge aufstiegen.

Da winkten auch schon die vier Türme der Inselwiese. Die Parkanlagen und Bauten kamen immer näher. Man konnte Steinfiguren und Vasen unterscheiden. Dazwischen blitzten Wasserfälle und Fontänen auf.

Für alle, die des fatalen Podagras wegen den Aufstieg scheuten, standen Wagen bereit. Aber niemand dürfe einsteigen, bevor er das Inselwunder gesehen.

Friedrich Adolph führte den Zug über die Holzbrücke zur Grotte hin.

Der achteckige Raum erhielt sein spärliches Licht von oben aus kleinen Fenstern in der Kuppel. Welch geisterhafter Effekt! Die Wände waren mit lauter perlmutt schimmernden Muscheln ausgelegt, die irrlichterhaft die matte Helle widerspiegelten.

Als der Graf all seine Gäste eingefangen und sie der Bewunderung anheim gegeben hatte, ging er unvermerkt hinaus, um an einem Wasserhahn eine kleine Drehung zu vollführen.

„Autsch!" und „Weih! Parbleu!" Gekreisch, jähes Emporzerren der steifen Röcke, eiliges Fliehen. Die feuchten Füße stolperten durcheinander. Da: „Weh!" – wieder solch ein Spritzerlein von unten, daß man einander in die Arme purzelte. Die magischen Muschelwände hatten ja alle Blicke abgezogen; niemand bemerkte die tückisch winzigen Wasserröhren zwischen dem Bodenbelag.

Friedrich Adolph war entzückt über das vollkommene Gelingen seines Mirakels, das diese Spritzerlein kleinen Teufeln gleich hervorhuschen ließ.

Nun schnell hinaus in die Sonne! Um die feuchten Röcke der Damen, die Strümpfe und Escarpins der Herren zu trocknen.

Und es begann eine Art Gesellschaftsspiel, in gravitätischen Bewegungen wie bei der Sarabande, aus dem Hintergrund von einer langgezogenen, schottischen Dudelsackmelodie begleitet.

Immer höher stieg die Stimmung. Blicke hatten sich gelöst; Herzen flogen einander zu. Jeder spielte mit in dieser uneinstudierten, reizenden Schäferszene. Jeder hatte eine Jede gefunden für den Aufstieg in dieses Märchenland; durch die Windungen der labyrinthischen Wege an den Steinfiguren vorüber wie durch eine versunkene Götterwelt. Neben ihnen rauschten die Kaskaden, die sich jeweils auf die Ebene der tiefer liegenden Terrasse ergossen.

Die Blicke der älteren Ehepaare waren durch die Kaleschen fortgetragen. Jeder konnte ungestört aufschauen zum Stern seiner Wahl. Die steinernen Götter und Göttinnen waren gewohnt, nichts zu verraten; keinen Kniefall; und wenn es gar ein geraubter Kuss gewesen wäre im bergenden Bogen eines dieser Laubengänge.

Rechts, jenseits der Inselbrücke lag der „schwarze Garten", ohne Schmuck, ohne Blumen. Nur von düsteren Zypressen und Wacholderbüschen bestanden. Dort war die Gesellschaft vorübergegangen. Johanna Charlotte aber sagte zu Simon Henrich, daß sie diesen Garten zu sehen wünsche.

Und sie gingen über den schmalen Holzsteg und setzten sich drüben auf eine der Bänke.

„Sage er mir doch", hob sie an, „warum er ein gar so verdrossen Gesicht gezogen, als sein Vater mir die Rose überreichte?!"

Der Jüngling runzelte die Stirn noch düsterer und schwieg verbissen. Da sie weiter in ihn drang, preßte er wie gegen seinen Willen hervor: „Weil es nicht *meine* Rose war."

Sie legte ihre Hand mütterlich beschwichtend auf seinen Arm: „Aber – mein Liebder!"

Da fiel er ihr zu Füßen und wühlte leidenschaftlich seinen blonden Jünglingskopf in ihren Schoß.

Es war nur ein kurzer Augenblick gewesen. Wie das unvermutete Aufglühen eines Rubins. Sie erhob sich schnell und verließ mit ihm den schwarzen Garten.

Die anderen begeisterten sich an den Bäumen und Wassern.

„Habt ihr den steinernen Apoll gesehen? Und den Pan mit der Flöte neben der schönen Nymphe?“

Nein. Johanna Charlotte hatte nichts gesehen als das Herabstürzen der Wasser zu beiden Seiten der Rasenflächen und das Auf-und-Nieder im einigen Strahl der Fontänen.

Zwischen den Mauern mit den zierlichen Säulenreihen begegnete sie ihrer Freundin aus Hohensolms, die sie wieder zurückführte, um ihr den Geflügelgarten zu zeigen mit den fremdländischen Vogelgestalten.

Johanna Charlotte zog es mehr zu den Blumen, die sich verwandt hineinflochten in das unwirklich traumhafte Vorübergleiten der kurzen Augenblicke drüben jenseits der Insel zwischen den dunklen Zypressen.

Unterhalb des „krummen Hauses“ fanden sich die Gäste allmählich zusammen. Es war die vorletzte, die breiteste Terasse, mit weitem Rasenplatz und Blumenrabatten um die große Fontäne. Die seitlich gelegene Orangerie war durch Oleanderbüsche verdeckt. „Ein Saustall“, sagte Friedrich Adolph mit vorgehaltener Hand, als sollte die Kränkung nicht zu des Meisters Ohren gelangen. Aber es war längst bekannt, daß er diesem Haus den Schmeichelnamen beigegeben hatte. „*Nichts* darf man anderen überlassen, nicht einmal einem berühmten Künstler! *Alles* Übrige habe ich selbst entworfen oder in hölzernem Modell angegeben.“

Was der Bau äußerlich an Schönheit vermissen ließ, spendete er innen umso reichlicher. Da hatte der Maler sich ausgebreitet. Jagdszenen der Diana; neben ihr Amor mit dem Köcher; weil sie zugleich auch Venus war und gelegentlich ihren Bogen auf Herzen richtete.

Mehrere gedeckte Tafeln luden zum Mahle ein. Schon die Augen wurden köstlich gespeist. Riesige Silberschüsseln mit Fasan und indischen Vogelnestern, Spanferkel in Gallert, Rehrücken. Ein Häslein in naturwahrer Landschaft aufgebaut. Reichbetresste Diener boten Pasteten und Vinaigretten an; der Mundschenk kredenzte die Weine...

Nachdem alle sich gütlich getan hatten, wurden die Tische hinausgetragen und durch kleinere ersetzt. Das Zusammenrücken zu engeren Kreisen gab dem Wort Gelegenheit, sich zu entfalten.

Nun kam die Stunde der Äbtissin.

„Ihre Königliche Hoheit vermag uns über Rußland zu berichten. Sie kennt den Zaren Peter persönlich." Dieser Satz verbreitete sich fliegend. „Die Herzogin von Kurland über die russischen Aventuren!" Da mußten die Lakaien noch eine Anzahl Stühle herbeibringen. Der Kreis um diesen runden Tisch wurde immer weiter.

Hochaufgerichtet saß die Äbtissin auf der bergère; ganz die Herrscherin, die sie war. Der silbergraue Brokat ihres weiten Rockes umgab sie wie eine Schutzmauer. Ihre ausdrucksvollen Hände lagen bewegungslos in ihrem Schoß.

Es war ja nicht allein Zar Peter, um dessentwillen sich die hohen Herren so eifrig herzudrängten. Schon das leise Anstoßen, das Lispeln der Stromschnellen im melodischen Redefluß dieser Sechzigerin übte eine ungemeine Anziehung aus. Rief bei so manch einem die

Erinnerung wach an eine unvergessene Begegnung mit solch jüngerer Tochter Kurländischen Adels; an ihre Anmut und Geschmeidigkeit mit dem verführerisch leichtfertigen Anflug, wie er die schönen Polinnen oft so berückend macht, deren Fluidum unter der jahrhundertlangen polnischen Nachbarschaft unvermerkt in diese Teile des Baltenlandes eingeströmt war.

Die Herzogin hatte auf eine Frage gewartet. Und da war man denn auch schon bei der unerklärlichen Geschichte, daß Zar Peter sich die Katharina als Gemahlin öffentlich hatte antrauen lassen. Zwar lag es schon etwas zurück, aber man hatte es einfach nicht geglaubt; so unmöglich erschien es. „Sie ist doch eine ganz gewöhnliche Person – beileibe keine Kurländerin! Eine Waise, deren Namen man nicht einmal kennt. Womöglich eine Zigeunerin!"

Das Letztere stimme nicht, belehrte die Äbtissin. Sie sei in einem deutschen Pastorat zu einer ehrenwerten Magd erzogen worden. Für ihre Schönheit könne man sie nicht verantwortlich machen. Im schwedischen Krieg in russische Gefangenschaft geraten, habe Fürst Menschikow sie zu seiner Geliebten erkoren. Und als der Zar sie in dessen Zelt gesehen hatte, war er von so leidenschaftlicher Liebe zu ihr ergriffen, daß er sie zu sich nahm.

„Man braucht sich gar nicht so zu schockieren", erklärte sie, das entsetzte Gemurmel dämpfend, „diese Frau ist der einzige Mensch, der seinen wilden, starken Geist zu besänftigen versteht. *Darum* hat er sie mitgenommen in seinem Kriegszelt von Schlacht zu Schlacht,

– nicht nur, damit sie ihm die Knöpfe an seinen Kleidern befestigt. Als vor vier Jahren die Schlacht am Pruth schon so gut wie verloren galt, hat *sie* gemeinsam mit Ostermann und Schaffirow den Großwesir freundlich gestimmt, – einerlei, wie. Sonst wäre das russische Heer samt dem Zaren nicht aus seiner schlimmen Lage zu retten gewesen. Außerdem ist sie der einzige Mensch, der ihm widersprechen darf, ihn zurückhalten, wenn er unbändig ausholt. Was hätte ihm wohl eine ebenbürtige Gemahlin zu Haus in Petersburg oder Moskau genützt bei der Schlacht von Poltawa?" Übrigens habe er sich Katharina ja nur antrauen lassen, habe sie nicht etwa zur Zarin gemacht. „Noch nicht", wiederholte sie vielsagend.

Mitten in diesem Gespräch blickte sie um sich. „Wo ist denn die Markgräfin von Brandenburg-Schwedt?"

Johanna Charlotte war immer dort, wo Graf Nicol nicht war. Jetzt holte er sie herbei und bot ihr seinen Sessel an; ihm stellte man schleunig einen anderen neben sie.

„Nicht wahr, mein lieber Nicol, du trittst auch für den Zaren ein; obgleich du ein guter Deutscher bist?"

„Nun ja, was soll man machen", sagte er echt baltisch, in einem Ton, der alles offen ließ.

Die Äbtissin tat der wißbegierigen Runde nicht den Gefallen, sich noch länger bei der Zarenheirat zu verweilen. Sie hatte anderes vor. Darum lenkte sie jetzt das Gespräch auf die Bojaren. Diesen russischen Adel aus Ruriks Stamm konnte sie angreifen und die Anderen meinen. „Man hatte natürlich erwartet, die Zarin werde aus ihren Kreisen erwählt. Das hat gewaltig Staub aufgewirbelt", kam sie noch einmal flüchtig darauf zurück. „Bisher bestand doch die Schar der Ratgeber am russischen Hof einzig aus Bojarensöhnen. Für Peter aber gibt es kein Privileg, das ihn bestimmen könnte bei der Verleihung von Amt und Würden. Er holt sich die Einfachsten und fragt nur nach dem einen: ob sie tüchtig sind." Und sie nannte den Standesdünkel mit Namen. Es handelte sich ja um die Bojaren.

„Was soll man da machen", wiederholte sich Graf Nicol.

Da beugte der alte Onkel Johann Isenburg sein schönes, faltiges Gesicht zwischen den steifen Schultern vor; und mit langsam abgewogenen Sätzen sprach er: „Es ist jedoch zu fürchten, daß solcher Weis die gute Sitte möchte verloren gehen, und das Gewöhnliche, so in den Menschen allgemein verborgen, ans Tageslicht komme; wo es nicht durch Weisung und Mahnung zum Edlen sich umkehrt."

Nun wurde Graf Nicol lebhaft. Er schilderte, wie gerade beim russischen Adel die Kinder im bunten Gewimmel der fremdländischen Dienerschaft aufgezogen werden; weil die schönen Sarafane der Mädchen mit dem hohen, gold- und perlengestickten Kopfputz, den vielfarbenen Tüchern im Bilde des Grafenhofes nicht fehlen dürfen. Wie solch reizende Tartarin oder Baschkirin nicht selten in der Gunst ihrer Herrschaft emporsteige, um selbst einmal eine Gräfin zu werden; oder der schöne Hofjunge sogar ein zarischer General. Derweilen bewegen sich die gräflichen Kinder inmitten deren Liebschaften und hören, wie sie fluchen, zanken, einander betrügen und hassen. Wie die Heiden."

Onkel Johann rief entsetzt: „Wodurch sollen denn solch hochgeborene Kinder zur rechten Sitte und Dignität gelangen, wie es ihrem Stande entspricht?!"

„Das ist ja gerade des Zaren Sorge! Darum ging er doch nach Holland, nach Deutschland; holte sich dort seine Leute und ließ den russischen Adel Adel sein. Hat sich denn Christus Grafen und Barone als Helfer geholt?" Und jetzt reckte sie sich hoch auf – ganz Fürstäbtissin: „Seine Königliche Hoheit weiland mein Herr Vater hat *auch* auf Herkommen und Geburt gehalten. Aber, wenn das Schloß brennte, wär er nicht auf dem ererbten Thron sitzen geblieben und hätte gewartet, bis die Flamme kömmt. Da hätt' er zugepackt mit seinen eigenen Händen!" Sie fühlte im Kampf ihre Kräfte wachsen. Eine bedacht gezielte Frage: „*Und wir Balten*?"

Alle zuckten betroffen zusammen. Es folgte längeres Schweigen. Dann fuhr sie fort im gewohnten Redefluß, beinahe spöttisch: „Zwischen unsern Baronen und dem Zaren herrscht eine *sehr* kühle Atmosphäre." Und wieder ernst und eindringlich: „Sieht denn niemand, was für große Entscheidungen sich bei uns vorbereiten oder gar schon gefallen sind?! Soll denn endgültig der Osten unserm deutschen Einfluß verloren gehen?"

Und da niemand sie unterbrach: „Als Rußland die Schweden ablöste und unsre Nachbarprovinzen annektierte, da hatte es die Ritterschaft doch in der Hand! Durch eine würdige, großmütige Haltung hätte sie die ganze estnische und lettische Bevölkerung für sich gewonnen."

Jetzt folgten sich ihre Worte immer schneller und leidenschaftlicher: „Aber sie sehen ja nicht die Zeichen der Zeit am dunklen Himmel! Sie *wollen* sie nicht sehen."

Von ihrer steigenden Erregung war ein zündender Funke auf den Grafen Nicol übergegangen. Gleich einem Pferd, das infolge heftigen Sporendruckes plötzlich sein eigenes Wesen überspringt, hatte er einen veränderten Ausdruck angenommen. Seine belebten Züge ließen die alte Rasse erkennen.

„Wahrhaftig", rief er, von tragischer Einsicht erregt, „wir haben die Stunde versäumt!"

Niemand aus dem Kreis der Zuhörer war nach seinen bisherigen Äußerungen auf solch eine Wendung gefaßt gewesen. Aller Blicke waren staunend ihm zugekehrt. Auch die der Markgräfin. Wie durch einen zerrissenen Schleier sahen sie das wahrhaft Edle, das ihm innewohnte.

Den Augen der Fürstäbtissin war nichts entgangen. Am wenigsten das sichtbare Aufhorchen der Markgräfin.

„Euer Bekenntnis ehrt Euch", sagte sie freudig gestimmt. „Aber noch ist nichts verloren, mein lieber Nicol. Wer es begreift und sich zu eigen macht, vermag vieles zu ändern. Auch heute noch."

Alle sahen wieder zu ihm hinüber. Das waren nicht mehr die etwas weichen Züge über dem zu hohen Hals. Zutrauen und Erwartung kam von einigen Verstehenden auf ihn zu. Johanna Charlotte dachte bei sich: ‘Das ist eine dieser edlen Begeisterungen aus einem großen Augenblick heraus. Er *weiß* es. Aber er *tut* es nicht.’

Graf Friedrich Adolph hatte schon mehrere Male dem Lakaien, der sich mit fragendem Blick näherte, ein abwehrendes Zeichen gegeben; jetzt nickte er ihm bedeutungsvoll zu.

Das ernste Gespräch wurde unterbrochen. Zwei Herolde lenkten die Aufmerksamkeit auf den noch zugezogenen Vorhang. Tische wurden von den Dienern fortgehoben, Stühle zusammengerückt. Alles suchte nach günstigen Plätzen. Die Herolde schoben den schweren Stoff gleich einer Wand zurück, und die Blicke flogen einer unvermuteten Bühne zu, auf der zwischen Blumengirlanden die hellgekleideten Paare, anmutig gruppiert, den Einsatz der Musik erwarteten. Ein pantomimischer Tanz nahm seinen Anfang.

Man merkte bald, daß es sich um die Szenen aus „Mißglückter Liebe“ handelte. Die Paare warfen sich Kußhände zu, näherten sich mit sehnsüchtig erwartungsvollen Schritten, berührten sich schon fast im Kusse, als plötzlich erschreckt die zärtliche Umarmung unterbrochen, sich in leidenschaftliche Abwehr umkehrte. Das possierliche Trutzen der Schönen erweichte ihre Liebhaber, die wiederum die Annäherung wagten, um das Spiel in immer neuen Späßen fortzuführen.

Den größten Beifall brachte die musikalische Darbietung etlicher Lieder, von einer Sängerin in Kavalierskleidung mit schauspielerischem Geschick vorgetragen. Das Lied von der „rechten Stimmung“ mußte sie zwei Mal wiederholen:

Das Frauenzimmer
Verstimmt sich immer
Bei Luft und Wind.
Drum schade vor die Männer,
Die keine rechten Kenner
Von Stimmen sind.

Die meisten Männer
Sind schlechte Kenner
Von Melodie.
Drum schade vor die Frauen,
Die ihnen sich vertrauen
Zur Harmonie.

Das schmerzlich langgezogene „Schade vooooor die Määäänner“ hörte man bis zum Schluß des Festes bald kräftig, bald zart zwischen den Laubengängen ertönen.

In dieser gesteigerten Stimmung führte Friedrich Adolph seine Gäste auf die oberste Terrasse. Vor der Biegung des „krummen Hauses“ blieb man stehen. Nach den Angaben des französischen Baumeisters Mansart hatte es das tief heruntergezogene Dach, wie es in der Gegend noch nicht bekannt war. Von diesem höchsten Punkt aus hatte man erst das Gesamtbild vor sich; die gärtnerischen Anlagen von Le Nôtre. Der Entwurf aber stamme vom Grafen selbst. Der betonte pflichtschuldig, daß auch seine Gemahlin mit ihrem Geschmack an diesen Schöpfungen beteiligt sei. Und sie nahm befriedigt die Huldigungen entgegen, die reichlich gespendet wurden.

Das Fest neigte sich dem Ende zu. Nicht alle Gäste begaben sich zur Rückfahrt in die Schiffe. Auch die Äbtissin hatte ihren Wagen zur Orangerie bestellt.

Beim Verabschieden, in einem unbeobachteten Augenblick, nahm die Markgräfin ihre Rose von der Brust und legte sie rasch Simon Henrich in die Hand, – „Damit er nicht mehr traurig zu sein braucht, daß es nicht *seine* Rose war."

Wie das kaum hörbare Aufwiehern eines jungen Pferdes kam die Überraschung aus ihm. Seine Blicke bäumten sich vor Entzücken. Johanna Charlotte wandte sich um und ward im Kreise der Abschiednehmenden nicht mehr von ihm gesehen. Sie aber erhaschte noch mit einer Kopfdrehung, wie Simon Henrich ungeschickt, mit zitternder Hand die Rose in seine Tasche schob.

5.

Die beiden Frauen saßen im Wagen hinter dem Sechserzug und fuhren in das vielfarbene Dunkel der lauen Sommernacht.

Für die Äbtissin war der Nachmittag lang und anstrengend gewesen. Sie hatte Freude an schönen Gartenanlagen und Wasserkünsten. Das aber wollte ihr nicht gefallen: solch gewaltiger Aufwand, um eine Schiffahrt zu ermöglichen, der es an den natürlichen Gegebenheiten fehlte. Sie war daran gewöhnt, an den Gebäuden ihrer Abtei bisweilen große Veränderungen vorzunehmen. Sie kann sich wohl ein Bild davon machen, was diese künstlichen Wasserstraßen und Schleußenanlagen gekostet haben! Der Graf gab es ja selber zu. Wenn er gleich die Erdarbeiten durch seine Bauern und Soldaten ausführen ließ. Hätten es nicht ganz andere Pläne sein können, der Wohlfahrt des Landes dienlicher, als solche Spielereien, die zwar etlichen Handwerkern und Künstlern Brot gaben, aber der gesamten Bevölkerung keinen Nutzen brachten?!

Nachdem sie noch eine Weile bei solchen Betrachtungen verharrte, unterbrach sie sich, indem sie zur Markgräfin hinüberfragte: „Du wärst gewiß lieber mit dem Schiff zur Favorite zurückgefahren?"

Die Antwort kam mit zärtlicher Stimme von sehr weit hergetragen: „O nein; es ist alles gut so – ist merveilleux."

Da sah die Äbtissin wieder die Tafelrunde vor sich. Sah die bewundernden Augen, die auf den Grafen

Nicol gerichtet waren, obgleich ihm eigentlich niemand zustimmen wollte; und, aufmerksam von ihr beachtet, den erstaunten Blick der Markgräfin. Wer weiß, dachte sie, was sich später nach dem pantomimischen Spiel beim Lustwandeln zwischen den hohen Hainebuchenhecken noch zugetragen hat! In solch erfreuliche Gedanken verfangen, lehnte sie sich weit zurück in ihre Wagenecke, um die andere nicht zu stören in ihrem „merveilleux".

Sie selbst hatte allen Grund, zufrieden zu sein mit dem Erfolg dieses Nachmittages; nicht nur ihres lieben Nicols wegen. In der Runde um sie in der Orangerie hatte sich so mancher Zuhörer befunden, dem sie mit Genuß dieses Bild entwarf von den Anzeichen einer neuanbrechenden Zeit, die bald ein Ende machen würde mit so vielen Vorurteilen und Standesunterschieden; die der Tüchtigkeit den Weg öffnete, ohne Ansehen der Geburt. Sie selbst wußte sich im Besitz von beidem; auch der Tüchtigkeit. Das gab ihr das Gefühl eines berechtigten Herrschertums; eines Glückes, das sie für vieles entschädigte. Denn ihr Leben war einsam geblieben. Aber heute, unter all den Standesgenossen hatte sie wieder einmal erkannt: ihr war mit der Einsamkeit doch das beste Los zugefallen.

Johanna Charlotte war es zufrieden, daß die Äbtissin sich müde in ihre Wagenecke zurückzog; daß sie ungestört weiterträumen konnte.

Immer noch einmal durchlebte sie jeden dieser seltsam erregenden Augenblicke... 'Er liebt mich mit der Glut seines reinen Jünglingsherzens. Er ist aufgewacht aus dem dumpfen Dahinleben im Elternhaus. Er ist zum Manne geworden mit dem flammenden Zorn, als sein Vater vor mir kniete und mir die Rose gab. Mit der Verzweiflung der Mannesbegierde, als er im schwarzen Garten seinen Kopf in meinem Schoß wühlte... Hätte ich ihm vorhin beim Abschied die Rose nicht geben dürfen? Ich wollte ihm eine Freude machen. Es war ihm mehr. Deutet er's anders als ein Zeichen der Sympathie? Ich bin etliche Jahre älter als er. Ich könnte ihn fast in den Arm nehmen wie eine Mutter... Nur wie eine Mutter? So hat noch keiner mich geliebt. Keiner mein Herz ergriffen, wie er. Ob er das ahnt? Er darf es nicht wissen. Dies ist die Liebe, die in den Liedern steht. Simon Henrich, ich weiß, daß du heute Nacht deine Sehnsucht in die Kissen weinst. Ich kann dich nicht trösten. Aber – es ist süß, zu wissen, daß *ich* es bin, der diese Tränen gehören. Simon Henrich, ich weiß auch, daß du noch Kummer haben wirst um mich.'

Der Rücken des Kutschers bog sich mit großer Anstrengung weit zurück. Er hatte stracks in die Zügel gegriffen, um sie zu kürzen. Nun mußten noch die Ellenbogen nachhelfen. Die Pferde wollten sich nicht in ihrem zügigen Trabe stören lassen. Aber sie mußten schleunig in Schritt versetzt werden; der Wagen flog schon zum zweiten Mal in die Höhe; so löcherig und ausgefahren war die Wegstrecke. „Es wäre nützlicher, sie auszubessern, als Wasserstraßen zum Schiffahren anzulegen", knurrte die Äbtissin ärgerlich, in einem angenehmen Schlummerchen unterbrochen. Sie fand rasch zurück und atmete wieder vernehmlich.

Johanna Charlotte war gleichfalls erwacht. Aus ihrem Sinnen und Träumen. Aufrecht, mit sehr offenen Augen blickte sie umher.

Aus den Wiesen hoben sich schleiernde Nebel und zogen in einiger Höhe über die Felder hin. Dem blühenden Dinkel entstieg der Duft süßen Brotes.

Johanna Charlotte sog ihn wie Nahrung ein. An mehreren Stellen ballten sich die Nebel. Über ihnen stand klar und ernst die laue Sommernacht. Was im verhängten Trab nicht wahrnehmbar gewesen, trat nun deutlich hervor. Geisterhaft schoben sich die Umrisse der alten Eichen ineinander, die hinter den niedrigen weißen Mauern schützend die verstreuten Gehöfte umstanden. Das Schwarz-Weiß ihres Fachwerks schimmerte zwischen den Stämmen hindurch. Einzelne Bäume, alten Zauberern gleich, die Vergangenes, Unverwirklichtes aus dem grünen Dunkel auftauchen ließen, das nie mehr leibhaftig geschaut werden darf; weil man sonst nicht mehr aus dem Bann loskommen könnte...

Die Pferde griffen wieder aus. Der süße Duft, des Kornes Hochzeitsnacht, glitt vorüber.

Johanna Charlotte sank zurück gegen das Wagenpolster. Träumte weiter; träumte. Wie es nur den herben und zugleich zärtlichen, den großen Herzen vorbehalten ist: den Traum unerfüllbarer Liebe.

Die festere Straße ließ die Nähe des Zieles erkennen. Allmählich trat die Herforder Stadtmauer hervor. Der Wagen hielt am Berger Tor, bis langsam, mit vorgehaltener Hand der Torwart seine Laterne vor sich hertrug, die Riegel zurückschob und öffnete.

Zwölf scharfe Schläge ließ die Uhr der Münsterkirche in die Stille fallen. Drüben ertönte das Horn des Türmers; versicherte, daß die Wächter auf Feuer und Wasser acht hätten; und verkündete, daß dieser Tag, dahingegangen, – nichts anderes mehr, als eine winzige Welle im unausmeßlichen Zeitenstrom.

Es war der Äbtissin nicht gelungen, auch nur ein Weniges zu erfahren, was auf eine Annäherung zwischen der Markgräfin und ihrem Schützling eine erfreuliche Vermutung zugelassen hätte. Immer wieder nahm sie einen Anlauf, indem sie an einzelne Augenblicke des Detmolder Festes erinnerte.

„Hast du denn gar nicht bemerkt, wie du durch diese aventure vom Unkraut und der Rose recht eigentlich für den ganzen Nachmittag im Mittelpunkt gestanden?" Das versonnene Lächeln der Markgräfin verneinte.

„Wäre ja beinahe ein arger désaccord die peinliche Folge gewesen. Als nämlich Gräfin Amalie vernahm, daß das eine Blüte vom *ihrem* Rosenstrauch sei an *deiner* Brust, da vermochte sie einen fliegenden Ärger kaum zu verbergen. Wir kennen ja unsre Amalie Solms! Zum Glück kam der Graf und erklärte in bester Laune, daß er nicht umhinkonnt, dir diese Rose zu überreichen. 'Nicht wahr, Amalie?' Und mit schlauer Wendung zu den Gästen hin: 'hat doch *sie* mich mühselig ein artig Benehmen gelehrt! Niemand glaubt, welch Grobian ich zuvor war.' Alle lachten. Denn er war von Jugend auf bekannt für sein galantes, bezwingendes Wesen; besonders, wenn er sich für eine Frau entflammte. Desungeachtet lobte man Amaliens vorzüglichen Erfolg; sie war versöhnt; und geschmeichelt sah sie sich in den Mittelpunkt gehoben. Die Damen zwinkerten sich zu und tuschelten noch lange über seine Rose notgedrungener Höflichkeit."

Johanna Charlotte hörte zu, als berühre sie das alles kaum. Die Äbtissin mußte es anders versuchen. „Bei dem allgemeinen horreur wegen der Vermählung des Zaren mit Katharina mußte ich an deinen Neffen denken, den Sohn deines Bruders Leopold, der seinem Herzen folgte und sich einem bürgerlichen Mädchen verband." Da horchte Johanna Charlotte eifrig auf: „Und wie lieben wir alle das reizende Kind! Wohl hat er ihretwegen der Thronfolge entsagt – mit Recht! Sollen denn alle aus großem Haus auf wahre Liebe und Herzensglück verzichten?!"

Jetzt hatte die Äbtissin den rechten Punkt getroffen. Ein zartes Rot flog über die Wangen der jungen Frau. Aber dennoch war es nicht möglich, sich dem Gegenstand zu nähern, um dessentwillen dies Gespräch begonnen worden war.

An einem ihrer letzten Tage in der Herforder Abtei wurde die Markgräfin wiederum in die Gemächer der Äbtissin gerufen.

Da sie ahnungslos eintrat, bedurfte es eines raschen Gefaßtseins. Neben dem Sessel der Äbtissin stand: Graf Nicol.

Unwille stand auf ihrer Stirn. Augenblicklich war die mädchenhafte Anmut verwandelt in unnahbaren Stolz, der niemandem einen Zweifel übrig ließ.

Die Fürstäbtissin war gewohnt, daß ihrem Wunsch und ihrer Absicht entsprochen wurde. Im anderen Fall kam es jedesmal zum Zerwürfnis. So war es zwischen ihr und den Stiftsdamen; so war es, wenn der Stadtrat ihrem Willen entgegenhandelte. Sie sagte sich, daß sie das Gute und Gerechte anstrebe. Dadurch glaubte sie sich immer im Recht.

Mit dem Wunsch nach einer Heirat für die reformierte Markgräfin verband sie als streng lutherische Baltin eine ihrer großen herrscherlichen Absichten für die Abtei.

Sie mußte sie verteidigen gegen den steigenden Einfluß des reformierten Hauses Brandenburg, der ihr in der gewalttätigen Person ihres wenig geliebten Vetters, des Preußenkönigs Friedrich Wilhelm I., bedrohlich wurde.

Wenn auch die Markgräfin von diesen Hintergründen nichts wußte, so befürchtete sie doch, daß ein Abschied bevorstehe, der ihr die Rückkehr in dieses Haus vergällte. Bei der Äbtissin aber setzte sich auch diesmal die Weltdame durch. Es war ja nur ein unausgesprochener Gedanke gewesen. Sie hütete sich, ihre Unzufriedenheit mit einem Wort zu verraten.

Gut, daß es die letzten Tage sind, dachte die Markgräfin. Denn von alters her ist für empfindsame Naturen nichts so anstrengend wie das Lasten einer unausgesprochenen Verstimmung.

Beim Abschied deutete die Äbtissin an, daß sie sich gealtert fühle.

So etwas hatte sie noch nie geäußert. Johanna Charlotte bat sie, doch nicht mehr alles selbst zu erledigen. Sie möge doch eine der Stiftsdamen mit dem Lehenprobst auf die entlegenen Höfe schicken.

Da bedeutete die Äbtissin durch Kopfschütteln, daß keine im Stift sei, die man mit so etwas betrauen könnte.

Als dann der Reisewagen vor der Treppe im Abteihof wartete und sie zum letzten Lebewohl bei der Einsamen weilte, da spürte Johanna Charlotte, daß dieser starken, eigensinnigen Herrscherin der Abschied so schwer wurde, daß sie Mühe hatte, ihre Tränen zu unterdrücken.

'Das hätte ich gar nicht bei ihr vermutet', dachte die Markgräfin, während sie in den Wagen stieg. 'Warum will sie mich denn nicht zu ihrer Koadjutorin erwählen?'

6.

Ein Jahr war dahingegangen. Man schrieb 1716; als der Graf zur Lippe seinen Intendanten zum Rapport beorderte.

Dieser Nivelin Blume war Herr – wenn auch nicht über alle Gelder, so doch über alle Kassen – vornehmlich über die gräfliche Privatschatulle. Er zahlte daraus, was er zu zahlen nicht hindern konnte; ob es ihm dringend erschien oder nicht; und trug schweigend die Sorge, wenn der Metallboden der Kassette durch den dünnen Belag von Münzen hindurchschien, ohne daß hilfreiche Einnahmen auch nur von ferne winkten.

„So höre doch", rief der Graf dem Herbeigerufenen entgegen, „den 16. Junius sei Ihre Zarische Majestät Petrus Alexeiwitsch, der erste Kaiser von Rußland zu Pyrmont angekommen und habe sich der Brunnenkur bedienet."

Er, Graf Friedrich Adolph, werde noch heutigen Tages nach Pyrmont fahren, seine Aufwartung zu machen, um den erhabenen Gast nach Detmold und Friedrichstal einzuladen.

Während seine Worte sich in freudiger Erregung überstürzten, stand Nivelin Blume regungslos; erschrocken und betroffen, als habe ihn eine entsetzliche Trauernachricht erreicht. Schon die Erwähnung des Bades Pyrmont berührte ihn peinlich, angesichts der hohen Kosten, die eine gräfliche Fahrt dorthin jeweils bedeutete. Sein ohnhin etwas eingedrücktes Gesicht verriet Kummer. Außer der Fahrt nach Pyrmont hatte er nur dieses Eine begriffen: daß wieder einmal zu einem großen Fest gerüstet werden mußte.

„Was steht er denn so düster da, als ginge ihn solch honneur nicht an?"

„Erlaucht, die Privatschatulle ist leer."

Der Graf starrte ihn an mit fatal verändertem Gesicht. Ohne ein Wort hervorzubringen.

Um wenigstens diesen immerhin noch angängigen Zustand zu verlängern, fing der Intendant an zu reden. „Dem Brockhusen in Lemgo haben wir zwar das Umgießen der Röhren bezahlt – für die große Fontäne. Die Nägel vom Juden Moses in Horn stehen noch aus mit 135 Talern."

„Aber das ist doch schon vor einem Jahr fertig gewesen", konnte jetzt der Graf wieder einwenden, während dem anderen die Zunge trocken wurde.

„Ja; fertig; aber noch nicht bezahlt. Es waren auch die *vielen* Stühle; das Stück zu 1 Taler." Ihm kam in diesem peinlichen Augenblick nichts anderes als Stühle in den Sinn; hätte er wenigstens an die Gemälde des Rundt, an die Stuckaturen und Steinfiguren erinnert! Der Graf aber hielt sich schon bei den vielen Stühlen die Ohren zu.

„Und all der Branntwein für die Burgfestdienste der Bauern; 128 Taler allein für die Hausleute von Pöppinghausen; das Maß zu 8 Pfennig..."

Nivelin Blume sah, daß es ihm nichts nützte, immer weiter zu reden; daß er doch einmal aufhören mußte; wie schwer ihn das auch ankam; denn dann war das Zuhören an ihm.

„Das ist ja eine schröckliche Bescherung! Wie sollen

wir den Zaren von Rußland empfangen?! Hat er denn noch nie gehört, was der für einer ist: Herrscher aller Reußen?!" Der Graf hatte es ein Jahr zuvor durch die Äbtissin erfahren.

„Ist denn wenigstens noch Geld für Hirsch- und Wildfell zu erwarten?"

„Es waren doch just an den Herrn Hauptmann Zütterich 86 Stück vor die Soldaten verabfolgt, daraus sind geworden 69 Hosen, das Stück zu 2 Taler, facit 138 Taler, welche vom Herrn Kammerrat empfangen." Mehr könnten die Soldaten gar nicht brauchen; die ganze Garnison, die Schloßgarde samt den Vorgesetzten seien damit bekleidet.

„Und Gelder aus dem Verkauf von Stallmist und Kumpst? Pferdeverkäufe aus den gräflichen Stallungen? Ich habe doch meine Emser Badegelder erspart und der Bausumme beigelegt", rechnete der Graf eifrig. Aber – längst verausgabt.

Nivelin Blume mußte noch einmal alles tun, seine Zunge anzufeuchten. Er hatte das Viele aufgeführt, um das Eine noch nicht sagen zu müssen: „Der Friedrich Kock hat nämlich gemeldet, daß an der großen Schleuse die eine Kammer eingestürzt ist. Es wird eine Wasserfahrt somit kaum zu machen sein."

„O Blume! Was kömmt ihn an?! Keine Wasserfahrt! In diesem hochwichtigen Moment! Blume! Er hat schon gar manch ein malheur repariert; er wird auch sorgen, daß die Schleusenwand wieder erstehen möge. Werde Zütterichen Ordre geben; seine Soldaten müssen zur Arbeit antreten, die Schloßgarde."

Bei diesen erregt begonnenen Sätzen hatte sich der Graf so plötzlich gefaßt, daß nun dieser jähe Sturz in die Ruhe dem armen Blume unheimlich wurde.

Da kam der Graf auch schon mit einem entschiedenen Schritt auf ihn zu und faßte ihn an einem der blanken Silberknöpfe seiner veilchenfarbenen Weste und hielt sich daran fest wie an einem Rettungsanker.

„Höre er, was mir soeben ankömmt. In Rußland haben sie bis dato nur kleine Werkstätten gehabt, von Leibeigenen betrieben. Darum holt der Zar sich holländische und deutsche Handwerker nach Moskau. Er soll ja ganz passioniert für sie sein. Man hört, daß er ihnen dort besondre, sehr angenehme Freiheit gewährt; gibt ihnen Land und Häuser bei hohem Lohn. Sie stehen nicht einmal unter russischer Gerichtsbarkeit, brauchen keine Steuern zu zahlen. Der Zar hat ja selber in Amsterdam Zimmermannsarbeit gelernt, um den Schiffbau von Grund aus zu verstehen; übt vierzehnerlei verschieden Handwerk aus. In seinen Freistunden hält er mit seinen Leuten freundschaftlichen Verkehr; redet deutsch und holländisch mit ihnen; tanzt mit ihren Frauen. Zu solchen soiréen befiehlt er Bojaren und hohe Würdenträger. Sie sollen das Familienleben dieser Handwerker als Beispiel nehmen. In ihrem Kreis soll er sich am wohlsten fühlen.

Was ich Euch sage: wo er in einem Land tüchtige Leute zu gewinnen sucht, kommt es ihm beim Zahlen nicht darauf an. Habe an deutschen Höfen davon gehört. Das könnte für unsere Schatulle wahrlich nicht übel sein!"

Bis soweit hatte der Graf den silbernen Knopf an Blumes Veilchenweste nicht freigegeben. Jetzt ließ er endlich los; und der beengte Intendant konnte sich mit einem Schritt rückwärts von seinem allzu nahen Gegenüber trennen. Der Graf selber, wieder erholten Mutes, war bemüht, sich den Wünschen des großen russischen Herrschers anzupassen.

Was dieser Zar in Wirklichkeit suchte, waren Artilleriesachverständige, Festungsbaumeister und vor allem Schiffbauer für die Petersburger Flotte und die Schifffahrt im schwarzen Meer.

Die deutschen Fürsten zitterten vor dem Gewaltigen als dem Bedroher ihrer Lande, und waren deshalb bereit, seine Wünsche zu befriedigen. Nur Friedrich Adolph zitterte nicht. Sein kleines Land war von derlei Gefahren nicht betroffen. Er wußte, daß mancher Fürst seine Leute auf solche Weise verschachert hatte; und wußte gleichfalls, daß dem Zaren unerschöpfliche Mittel zu Gebote standen.

Die Fürstäbtissin lag, strenger Verordnung folgend, nachmittags in ihrem Wohnzimmer auf der Liegebank. Neben ihr stand das Glas mit Ysop. „Ist gut vor die Wassersucht", hatte der Medicus gesagt, „so von kalter Materien kommen ist; stärket Herz und Magen und Milz."

Sie hatte sich wenigstens die Kissen steil unter den Kopf schieben lassen. Denn vor ihr auf der Decke lag der Band des Corpus bonorum der Abtei Herford mit den Lehenprotokollen der entfernteren Höfe und Marken. Wo es galt, wegen Versäumnis zu mahnen, hatte sie Zeichen eingelegt.

Mitten in ihre Notizen kam die Kammerfrau herein: „Die Gräflich Lippische Hofkalesche hält vor unserm Abteischloß; der Lakai hat die Frau Gräfin soeben zur Hauspforte eingelassen."

Die Äbtissin wies auf die Bücher zum Forträumen. „Reiche mir den Kristall!" Sie ordnete die Coiffure und legte sich in die Kissen zurück.

Gräfin Amalie war bestürzt, die regsame Frau liegend zu finden; die darauf schleunig beteuerte, es sei nichts; gar nichts als eine Verordnung des Medicus; da er ihr mehrere Male zur Ader gelassen der Wassersucht halber, die sie am Gehen behindere.

Grund des Besuches war die Nachricht von des Zaren Eintreffen in Pyrmont und der Einladung, die an ihn ergehen sollte, nach Detmold und Friedrichstal zu einem Fest ihm zu Ehren; der Größe des erhabenen Gastes entsprechend.

Sie hatte erwartet, die Äbtissin werde durch diese Nachricht entzückt sein. Statt dessen schien sie kaum davon berührt.

Ihre Krankheit werde ihr doch erlauben zu kommen?

Die Schmerzen schienen sich indessen verstärkt zu haben. Unter peinlichen Zuckungen um den Mund änderte die Äbtissin ihre Lage und hob zweifelnd die Schulter.

'Der Zar zu einer „Sommerlust" nach Friedrichstal', durchfuhr es sie. 'Womöglich wird Friedrich Adolph mich neben ihn placieren bei seiner Wasserfahrt.' Sie sah unwillkürlich Peters breite Riesengestalt an ihrer Seite im Lustschifflein.

Während Amalie von all den großartigen Plänen auf sie einredete, dachte sie: 'Nu nein! Solchem Manne begegne ich lieber in einem anderen cercle. Oder gar nicht.' Wieder verzog sie ihr Gesicht vor Schmerzen, die ihr im Augenblick recht wilkommen waren.

Die Gräfin zeigte Sorge. Nicht nur der Krankheit wegen. Mehr noch galt sie der möglichen Absage der Äbtissin, deren man gerade jetzt so sehr bedurfte. Ihre Herkunft aus einer größeren Welt, ihr Vertrautsein mit den breiteren östlichen Gepflogenheit; nicht zuletzt die angenehme Art ihrer Gespräche. Das alles meinte Amalie, indem sie ihres Gatten Enttäuschung schilderte, wenn die Krankheit das Kommen gerade dieses Gastes vereiteln sollte.

Friedrich Adolph hatte seine Aufwartung in Pyrmont gemacht. Der Zar sei sehr huldvoll, von natürlicher Freundlichkeit gewesen. Nur die Einladung war nicht zur gewünschten Geltung gekommen. Er habe sie zwar gnädig entgegengenommen; aber nur mit einem förmlichen, ja kühlen Dank erwidert, den man nicht als eine Zusage deuten konnte.

Friedrich Adolph hatte das „Nein" sogleich bei der höflichen Verbeugung gespürt. Klug und gewandt, wie er war, lenkte er bei nächster Gelegenheit das Gespräch auf die Jagd. Und da dem Zaren bei diesem Wort die Lust aus den Augen blitzte: ob er Seine Kaiserliche

Majestät statt nach Detmold vielleicht zu einem Frei-Schießen in den Pyrmonter Bergen laden dürfe?

Diese Zusage kam ohne Vorbehalt. Und es wurde sogleich ein Tag bestimmt.

Das bedeutete mehr als ein noch so üppiges Fest in Friedrichstal! Hier reichte unser Intendant Blume nicht mehr aus. Hier mußte Piderit, Finanzminister der Grafschaft Lippe, erscheinen.

Wenn zwar dieser der Anerkennung solch hoher Ehre wie eines Kaiserlich Russischen Besuches zugänglicher war als Nivelin Blume, so zeigte doch das enge Zusammenziehen der steilen Falten über der Nasenwurzel, daß ihm bei dieser Eröffnung nicht angenehm zumute war.

„Wir müssen ein Jagdrevier mieten", begann der Graf, „nahe der Stadt Pyrmont, mindestens tausend Morgen groß."

„Tausend Morgen groß", wiederholte Piderit und zog die steilen Falten noch enger.

„Etwa sechzig bis siebzig Treiber; unsere eigenen Leute, versteht sich."

„Eigene Treiber", echote der Minister, „müssen bezahlt sein."

Friedrich Adolph hielt gleichsam die Büchse schon in der Hand. „Unser Leibjäger muß sich mit dem dortigen Forstmeister verständigen, der die Treiber anstellt."

„Forstmeister", notierte Piderit unauffällig.

„Die Sauhatz beginnt mittags gegen zehn Uhr. Ab vier muß man mit dem Festmahl rechnen."

Hätte er wenigstens dieses Wort vermieden und lieber Jagdessen gesagt! Jetzt wußte Piderit Bescheid. Er blieb blaß und stumm.

„Wir müssen Zar Petrum sehr prächtig zu Pyrmont traktieren, nachdem Wir Seine Majestät nebst vielen anderen Fürsten, Grafen und Herren mit einem herrlichen Frei-Schießen unterhalten haben."

Soweit war Piderits Phantasie geschult, daß er sich eine Vorstellung machen konnte, wie solch prächtiges Traktieren aussehen würde. Der Graf erwähnte zur Ermunterung, daß doch keiner der benachbarten Fürsten je so hohe Besuche gehabt habe wie er. Und zählte auf: 1703 König Karl von Spanien, nachmaliger Kaiser Karl VI., 1708 Königin von Portugal und zuletzt vor fünf Jahren den alten König Friedrich von Preußen. Dem hatte man eigens eine Rampe zum ersten Stock des Detmolder Schlosses bauen lassen; damit der halbgelähmte Herr nicht die engen Wendeltreppen zum Königszimmer in der Sänfte getragen werden mußte. Seitdem wäre die Jagd für den Zaren das erste bedeutende Ereignis. „Mein lieber Piderit. Wir sind es Unserm Lande schuldig, dieser Ehre teilhaftig zu werden."

Darauf vermochte der Finanzminister nichts zu erwidern. Er hatte jetzt seines Amtes zu walten, das mit den Kosten solch einer Veranstaltung zusammenhing.

Die Staatskasse zeigte wenig Entgegenkommen.

„Piderit", sagte der Graf, „dann hilft es wieder einmal nichts; dann müssen Wir uns eben an einen Unserer Hoffaktoren wenden." Und er nannte einen bedeutsamen Namen: „Der Jude Heymann Heine. Der

Mann hat Geist“, sagte er anerkennend, „und Geld besitzt er auch. *Er* wird uns leihen.“

Der Geist hatte für den Finanzminister wenig Tröstliches. „Gewiß wird er uns leihen. Aber – was kostet es??“

Friedrich Adolph konnte sich jetzt nicht bei solch ordinären Fragen aufhalten. Das Schwierigste hatte er wenigstens durch das bisher Besprochene hinter sich gebracht. Jetzt war es an der Zeit, Anordnungen zu treffen.

Der Leibjäger wurde ausgeschickt, das schönste und bestbesetzteste Revier zu mieten. Dann nahm der Graf ein leeres Buch zur Hand und beschrieb viele Seiten, bevor er den Küchenzettel mit dem maître d’hotel in Pyrmont besprach. Immer noch war etwas zu ändern. Man wußte ja, daß Zar Peter einen gewaltigen Appetit hatte. Endlich gefiel ihm die Zusammenstellung. Er ließ wiederholen:

Kräftige Bouillonsuppe
mit neunerlei verschiedenen Einlagen
Spargel, sauce à la reine
Hecht blau
Ragout von Hahnenkämmen und
Lämmerzungen mit Pinienkernen und Kapern
Schweinskopf mit Rinderzunge belegt,
dazu allerlei Salate
Birkhuhn aus dem Erzgebirge
Zehnerlei Pasteten
Gefüllte Pfauen mit Gefieder und Rad garniert

„Halt!“, rief der Graf, „wir haben kleine Erbsen vergessen! Das ist etwas besonders Kostbares; gibt es gewiß in Rußland noch nicht.“

„Sehr wohl“, verneigte sich der maître, „wir haben uns ohnehin auf das Allernotwendigste beschränkt.“

Beim Besprechen von Torten und Konfekt kam dem Grafen eine großartige Idee. Der Pyrmonter Hofbäcker sei doch gewiß Künstler, womöglich aus Paris. Der solle nach Detmold kommen und die Anlagen von Friedrichstal genau nachahmen in einem großen Aufbau von Tragant. Damit der Zar es doch wenigstens auf diese Weise zu sehen bekomme. Die Inselwiese mit den vier Türmen, die Terrassen hinauf, mit Säulen, Buchenhecken und Steinfiguren bis zum „krummen Haus“; und dazwischen aus weißem Zucker mit Rosenwasser die Kaskaden und Fontänen. Der Graf selber werde beim Entwurf helfen.

Nun galt es, auszurechnen, wieviel von allem zu beschaffen sei. Der Küchenchef fing bei den Pfauen an. Etwa drei bis vier Personen auf einen. Also mindestens vierzig Pfauen. Für die Suppe allein hunderte von Hühnern; für die Saucen tausende von Eiern. Wildbret in Mengen... Da mußte der Lehendroste die Höfe und Oberhöfe angehen. Und dann die Weine! Sie müßten vom Edelsten sein; darauf verstünde sich Zar Peter.

Als die Kosten im Großen überschlagen waren, gab es noch eine schwere Stunde für den Finanzminister.

„Weiter dürfen wir nicht gehen! Nicht um den kleinsten Schritt. Sonst ist unser Land ruiniert“, sagte er streng. Und niemand wagte auch nur weiter zu denken.

7.

Es muß ein glorioser Tag gewesen sein. Das Wetter ein wenig regnerisch; nicht übel für die Jagd.

Der Leibjäger und die Treiber hatten schon viel erzählt. Allein wie der Zar angefahren kam! Sechs Kabardiner Tscherkessenpferde – nicht wie sonst je zwei und zwei voreinander gespannt – alle sechs in einer Reihe! Und welch Zaumzeug und Geschirr! Mit Silberglocken, abgestimmt zu prächtiger Musik.

Der Forstmeister stellte die Schützen an; den Zaren selbstverständlich auf den besten Platz, wo die Treiber aufwärts gegen die Dickungen durchdrangen, gegen die alten Eichbestände, worinnen die Mast sich befand.

Wahrhaftig, wo es nur knallte, sah man auch Peters Kopf über die Büsche ragen, mit der einen großen Locke, die ungekünstelt bis in den starken Nacken herabwallte. Er brauchte nur anzulegen, so fiel auch die Beute. Und jedesmal mitten ins Blatt getroffen. Welch ein Herr!

Und dann seine gute Laune, nachdem er den besten Schuß getan und Jagdkönig geworden! Ein Keiler mindestens 360 Pfund schwer; das konnte man schon an den Waffen sehen, die ihm aus dem Fang herausblitzten.

Und immer gewaltiger wurde die Jagdlust. Die Hifthörner tönten, das Knallen der Büchsen, einstimmig bald, und bald wie in Chören. Die vollbeladenen Wagen rollten davon mit der reichen Beute.

„Ein benevolenter Tag!“ Das sagte Friedrich Adolph immer wieder in sich hinein, bis es fest saß und von selber anschlug. Manchmal faßte er nach seinen Orden, um sich zu vergewissern – bin ich's? Bin ich's wirklich – solcher Ehre teilhaftig – ich, Friedrich Adolph Graf zur Lippe? Er hätte einen Spiegel herbeigewünscht; denn *so* groß hatte er sich bisher noch nie gefühlt.

Welch superbes Festmahl! (Weiter dürfen wir nicht gehen, hatte sein Finanzminister Piderit gesagt. Er aber *war* weiter gegangen; und – *wie* recht getan!) „Ein benevolenter Tag!", hörte er wieder in seinem Innern. Die Ohren konnten längst nichts mehr verstehen. Immer dröhnender umbrandete ihn das Brausen, immer gewaltiger ging der Rausch über ihn hin. Manchmal wurde es unheimlich, denn das Brausen kam auf ihn zu wie eine übermenschliche Macht, die ihn erdrücken wollte.

Konnte man diese Kübel mit dem feurigen Wein, dem besten, überhaupt noch zählen? Und wenn? „Mehr! Mehr!", hörte er sich rufen – „bring er *noch* so einen Kübel her!" Des Zaren Glas war ja immer gleich wieder leer. Als hätte das Fest soeben erst angefangen. 'Weiter dürfen wir nicht gehen, nicht um einen einzigen Schritt – ansonsten ist unser Land ruiniert' – schweig, Stimme! Dies aber ging ja nicht nur weiter – viel, viel weiter als der Minister gemeint haben konnte, es überraste in Galopp und Carrière alle Höhen der Waldecker Berge. Wohin, das konnte nur Gott wissen, nicht einmal der Finanzminister.

Zar Peter brauchte auf keine derartige Stimme zu hören. Er war so guter Laune, wie nur ein Zar vom großen Rußland sein kann. Schon als er den besten Schuß getan, bei der feierlichen Ernennung zum Jagdkönig – das schien eine viel bedeutendere Ehre als Herrscher aller Reußen zu sein. Dieses Hochgefühl steigerte sich mit jedem neuen Humpen. Neben ihm saß der berühmte General Ostermann, ein Westfale, der dem Zaren ins Russische übersetzen mußte, was er nicht verstand. Hinter Peters thronartigem Stuhl stand sein besonderer Günstling, der Neger aus Afrika, den er als ein Geschenk des Sultans mitgebracht und den er zu einem feinen Herren hatte erziehen lassen. Friedrich Adolph mußte immer wieder zu seinen stillen, melancholischen Augen aufsehen. Er wußte von seiner Geschichte. Wie Peter eine Bojarentochter zwingen wollte, den Neger zu heiraten; weil er sagt, der *Mensch* sei das Wichtigste, einerlei ob er schwarz ist. Die Bojarentochter hatte sich dem Zaren widersetzt mit dem Zorn ihres Geschlechtes.

'Sonderbar' – dachte Friedrich Adolph – 'während das Brausen und der Rausch über einen hingeht, kann man in Windeseile eine ganze Geschichte miterleben. Die Bojarentochter ist ja später dem Neger an der Küste begegnet, ohne zu wissen, daß *er* es ist; und wahrhaftig, sie ist in Liebe zu ihm entbrannt und heiratete ihn; weil Peter einen hochgebildeten Herrn aus ihm gemacht hatte...'

Friedrich Adolph hätte noch weiter geträumt, wenn nicht plötzlich durch die offenen Saaltüren der Steppenwind hereingeweht wäre und das Fest aufgezischt in neuer Brandung, mit immer unbändigerem Hollado und Prosit! Wie am Hofe Augusts des Starken.

Da kam auch schon die riesengroße Silberplatte und darauf der gefüllte Pfau mit seinem echten Federrad.

Zar Peter hatte seinen Teller wuchtig beiseite geschoben, als man ihm den Pfauen anreichen wollte; hat sich nicht mit einigen Stücken bedient, wie vorgesehen war, sondern befohlen, daß man das ganze Silberbrett vor ihn hinstellen solle – das hochgeschlagene Federrad kitzelte ihm die Nase – packte mit beiden Händen zu und brach ein Bein ab; nagte und schlürfte und warf's über seine Schulter an die Wand; und so das andere Bein und den ganzen Vogel, daß die Knochen zwischen seinen Zähnen knackten und nichts übrig blieb außer dem Federrad. Und immer noch lauter: Hollado! und Prosit! Scherze fielen – einer über den anderen – und derbe Geschichten. Das Lachen dröhnte die Wände entlang als wollten sie einstürzen.

Hier hätte Friedrich Adolphs Glück beinahe aufgehört. Denn nun kam das Tragant-Kunstwerk mit dem ganzen Friedrichstal. Es wurde dem Zaren genau von Ostermann erklärt. Aber als Zar Peter die vier Inseltürme sah und die Kaskaden und Fontänen aus weißem Zucker – alles so prächtig geraten! – da hob er seine Riesenfaust, schlug zu, und das krumme Haus samt Fontänen und Taxushecken krachte zusammen wie ein gespaltener Türkenschädel.

Es wäre um ein Haar zum Weinen gewesen. Wenn nicht gerade jetzt der Zar etwas gesagt hätte – etwas ganz Besiegendes – etwas, wodurch alles andere versinken mußte: „Euer Liebden sind zu groß für dieses kleine Land." Da kam wieder das unvergleichliche Gefühl über Friedrich Adolph wie zu Beginn des Festmahls – dieses Gefühl einer noch nie empfundenen Größe, das nach einem Spiegel verlangte.

Und dann – von Friedrich Adolph weder bestellt noch vorgesehen –: Wodka. Und wieder: Prosit! Prosit!

Er merkte noch, wie von den Fürsten und Grafen einer nach dem anderen vom Stuhle glitt, und hörte, daß Zar Peter unbändig lachte. Wie es dann weiterging, wußte er nicht. Als er einmal kurz zu sich gekommen war, da hatte auch er auf dem Boden gelegen und sich hilflos umgesehen... Kein Zar Peter mehr da.

Zwei Nächte und einen Tag hatte Friedrich Adolph durchgeschlafen. Wo, wußte er nicht. Während der Heimfahrt nach Detmold fiel ihm, noch immer, fortwährend, der Kopf auf die Brust.

'Ein benevolenter Tag', schlug nicht mehr in seinem Innern an. Seine eigene, ungeheure Größe war zusammengesunken. Ein Häufchen Elend schwand er mehr und mehr dahin in seiner Wagenecke.

'Ein superbes Mahl', lallte es hin und wieder in ihm nach. Aber das hatte auch nichts Erhebendes mehr – das rührte im Gegenteil alles Unerfreuliche in seinem Innern noch vollends durcheinander. Denn: jetzt – jetzt – ist ihm nicht wohl.

Es war ja nicht allein der gewaltige Rausch über ihn hingegangen – alles, Gewicht und Maß, diese unbekannte, unheimliche Gewalt kam jetzt auf ihn zu und wollte ihn erdrücken. All die unzählbaren Kübel mit dem feurigen Wein, dem besten, benahmen ihm immer wieder den Verstand. 'Weiter dürfen wir nicht gehen' – Piderit! Piderit!

Das waren ja nicht nur Fürsten, Grafen und Herren gewesen, was da um ihn herum auf dem Boden lag – außerdem noch eine gefährliche Menge Scherben von Gläsern und prächtigen Humpen. Das hatte man im wogenden Singen und Brausen gar nicht gemerkt, *was* da alles gegen die Wände geschmettert wurde. Es müssen auch sehr hohe Spiegel gewesen sein, deren Kristallscherben herumspritzten, verstümmelte Blaker, die ihre Kerzen zu Boden fallen ließen...

Jetzt hielt die Galakutsche vor dem Detmolder Schloß. Der sonst so jugendlich-elegante Graf stieg aus mit sonderbar eckigen Bewegungen, von mehreren Händen gestützt, und er betrat das Schloß. Wenn man doch ungesehen sein boudoir erreichen könnte! Aber das kann ein hoher Herr nicht.

Der Kopf ist noch mit dicken, schweren Brettern zugenagelt. Nachdem er sich jedoch gewaschen und parfümiert hatte, fingen seine gehemmten Geister an sich ein wenig zu lösen.

„Jetzt soll Piderit kommen!" Aufschub gab es nicht für Friedrich Adolph. Nie.

Und da stand der Gerufene vor ihm. Streng. Mit einem Gesicht – wie der Herr über Leben und Tod, wollte den Grafen dünken.

Er hätte sich ihm vor die Füße werfen mögen und Tränen der Reue vergießen. Unendlich viele Tränen. Denn ihm war immer noch recht übel. Der Boden schwankte gefährlich.

Bald aber hatte ihn die Begeisterung schon wieder hochgerissen, hoch über alle Tränen. Wie immer war sie es, die ihm das Richtige einflüsterte. Laut und überzeugend kam es aus ihm: „Ein succés, sag ich ihm – ein succés!“

Piderit wäre jedoch nur durch eine einzige Art von Erfolg zu gewinnen. Darum sieht er nur während der Kürze weniger Sekunden ungeahnte Glücksquellen zusammenströmen, aus fernen Wunderlanden, reichlich, unaufhörlich, rettend. Die steilen Falten über seiner Nase hatten sich während der Kürze dieser Zeitspanne angenehm geglättet. Sein Gesicht drückte Neugier aus.

Nichts hätte vermocht, des Grafen Zerknirschung so bis aufs Letzte zu beheben, wie dieser Ausdruck der Neugier auf Piderits Gesicht. Der ganze Jagdtag funkelte in seinem erhabenen Glanz wieder an ihm vorüber. Peters gute Laune nach der Erhebung zum Jagdkönig, seine charmante Schmeichelei, alles...

Friedrich Adolph war immer noch ein wenig entrückt. Seine Zunge, zwar nicht mehr so schwer vom Wein, im Gegenteil, sie lief ihm davon, stolperte über die Gefilde von Pyrmont hinaus, über die Erdteile hin, immer weiter bis zum Neger aus Afrika. „Des Zaren Günstling, müssen sie wissen – des Zaren *besonderer* Günstling, ein Geschenk vom Sultan...“ Alles fliegt etwas durcheinander. Friedrich Adolph sieht eben wieder die stillen, melancholischen Augen des Negers vor sich. Darum muß er gleich alles auf einmal erzählen.

Aber Piderit hatte ja noch nie von ihm gehört! Was sollte er mit der Bojarentochter anfangen, die den Neger nicht heiraten wollte – und dann die romantische Begegnung am Strand – also doch...

„Das können sie mir glauben", sagte der Graf ermunternd dazwischen, wenn Piderits Aufmerksamkeit ihn nicht befriedigte. Piderit konnte wirklich nicht verstehen. Seine Phantasie wäre auf ganz anderes gerichtet gewesen; z.B. auf die Anzahl der vielen Kübel mit dem feurigen Wein. Die wurden aber wohlweislich nicht erwähnt. Piderit ahnte nur. Er hörte geduldig zu. Die Bojarentochter war noch nicht beendet, als wieder der Steppenwind durch die offenen Saaltüren hereingeweht kam. Da mußte der Graf nun *doch* etwas preisgeben vom überwältigenden Hollado und Prosit.

Mit düsterem Gesicht fuhr Piderit am nächsten Tag nach Pyrmont. Dem Ruin entgegen.

Als er zurück gekehrt war und zum Rapport vor seinem Herrn erschien, lag ein verschönendes Lächeln auf seinen Zügen: Der maître d'hotel, wegen der Kosten befragt, habe mit einer artigen Verbeugung erwidert:

„Alles von Seiner Kaiserlichen Majestät beglichen."

8.

Die Krankheit der Äbtissin ließ sich nicht länger als Vorwand behandeln, um einer unerwünschten Einladung abzuwinken. Weder hatte das Ysopwasser seine Wirkung auf Magen, Herz und Milz verspüren lassen, noch waren die Schmerzen in den Beinen durch das Liegen gemildert. Vielmehr wollte scheinen, als ob die Ruhe bei einer Frau von so starkem Willen und Bewegung einen Zustand des Gemütes verursachte, der geradezu der Besserung entgegenstand.

Als Gräfin Amalie sie einige Tage nach dem Pyrmonter Jagdfest besuchte, erschrak sie über den raschen Verfall. Zwar nahm die Kranke lebhaft Anteil an allem, was die Gräfin erzählte. Besonders bei der wohlgefälligen Wiedergabe der huldvollen Zarenworte an Friedrich Adolph wurde sie lebhaft. „*Das* soll er wirklich gesagt haben?"

In ihrer baltischen Heimat kannte man Peters Art, Réprimanden zu erteilen. Wenn er gut gelaunt war, stets auf solch spöttische Art. 'Und Friedrich Adolph fühlt sich geschmeichelt!'

Amalie war auch einmal in Pyrmont gewesen. „Höre, er ist ja gar nicht solch derber, grober Herr. Hat sogar eine sehr liebenswürdige Art Frauen gegenüber."

„Zar Peter bleibt Zar Peter", lächelte die Äbtissin. Ohne jedoch zu verraten, daß sie selbst seinem Zauber einst erlegen. In ihrem Vaterhaus, ihm gegenüber, fühlte sie: Es ist herrlich, mit dir zu reden, weil *du* herrlich bist.

Und welch verwirrende Wahrnehmung, daß er ebenso empfand!

Wie sollte es weitergehen, wenn die Äbtissin nicht wieder zu Kräften kam? Diese Frage lastete auf der Abtei.

Bisher hatte sich die Kranke unter großen Schmerzen gezwungen, zum Lehensaal hinüber zu gehen und den Thronsessel zu besteigen, wenn es um Amtshandlungen ging. Jetzt war es ein trauriger Anblick, wenn sie auf ihren Kammerdiener und Leibjäger gestützt recht eigentlich hereingetragen wurde. Wenn sie dann unter dem scharlachroten Baldachin niedergesetzt worden war, auf ihren sammetausgeschlagenen Thronsessel, und man ihr den Krummstab in die Hand gelegt hatte, war sie wieder die gewohnte Herrscherin.

Aber ihre Reisen zu den Lehengütern und -höfen ihrer Abtei, diese oft tagelangen Fahrten bis ins Emsland, ins Osnabrück'sche und gar bis zu den Weingütern am Rhein, – die mußte sie immer wieder hinausschieben.

Die Stiftsprediger und Pastoren der Stadt besuchten die Kranke, um ihr Trost zuzusprechen. „Seid fröhlich in Hoffnung, geduldig in Trübsal..." Einer wagte wohl auch zu mahnen, nicht wider den Stachel zu löcken.

Die Äbtissin war viel zu klug, um nicht im Innersten zu wissen, daß in solchem Wort alle Weisheit beschlossen liegt. Ihr Zustand zeigte ihr, wieviel Kräfte die Auflehnung sie kostete.

Aber solche Ermahnungen kamen aus einer innern Harmonie, die ihr nicht eigen war; oder aus einem Bescheiden, einer Gewohnheit, der sie nicht zustimmte.

Die Krankheit war ja nicht der eigentliche Stachel; war nur die Erschwerung eines Kampfes, den sie nicht aufgeben konnte, nicht aufgeben durfte.

Sie erinnert sich noch an eine Zeit, da alles in der Abtei verworren schien in einem unseligen Gegeneinander. Wie es da mitten in dieser Not plötzlich hell um sie wurde; weil sie erkannte, daß sie selbst nichts vermochte, daß ihr nur von einer anderen Stelle, außerhalb, hoch über ihr, Hilfe kommen kann.

Fände sie doch einmal wieder hin zu diesem befreiten Zustand des Ausgelöschtseins, um zugleich die Kräfte zu verspüren, die daraus kamen – ganz neue, starke und freudige.

Als sie damals am nächsten Morgen den gleichen Menschen begegnete, die sie zuvor als Feinde erachtet hatte, war alles verändert; alles zum Guten gewendet.

Sie weiß, daß man das mit keiner Anstrengung des Willens und des Verstandes zu erreichen vermag. Weil es die Gnade ist, von der die Kirche predigt, von der man sich keine Vorstellung machen kann, wenn man sie nicht erlebt hat. Und sie weiß, daß sie in ihrem Amt auf diese Gnade angewiesen ist. Sie betet darum.

Aber – da ist der Stachel.

Sie hat sich vom weltlichen Kampf erregen lassen. Zorn und Empörung toben in ihr. Das kranke Herz schlägt wie ein Hammer. Dann setzt der Atem aus. Und es kommt ein Krampf mit entsetzlichen Schmerzen.

'Der Preußenkönig ist schuld an meinem Elend!'

Und wirklich, jedes Mal, wenn sie an diesen Vetter denkt, verschlimmert sich ihr Zustand.

‘Wie ich ihn nicht leiden kann, diesen kleinlichen Tyrannen!’

Sie muß kämpfen gegen ihn. Und kann doch nicht mehr.

Das ist die Marter ihres Krankenlagers. Und die Einsamkeit. Vor kurzem noch war sie ihr als das beste Los erschienen. Nun steht sie neben ihr wie ein Würgengel.

Früher hatte sie sich wenigstens der einen oder anderen der Stiftsdamen genähert. Aber das führte zu unseligen Zerwürfnissen. Wenn man an höchster Stelle steht, darf man sich nur Gott anvertrauen.

Seit der große Kurfürst sich im Jahre 1647 durch einen unvermuteten Handstreich der Stadt Herford bemächtigt, hatten er und seine Nachfolger aus dem Hause Brandenburg als Schirmherren der Abtei entscheidenden Einfluß gewonnen.

Das reformierte Haus Brandenburg wünschte die freien Kurien ausschließlich den reformierten Angehörigen des preußischen Adels zukommen zu lassen.

Die Abtei aber war seit Anbeginn reichsunmittelbar gewesen; sie unterstand auch noch nach der Reformation dem Römischen Kaiserreich deutscher Nationen.

Die Münsterkirche war lutherisch.

Durch den großen Kurfürsten, ihren Verwandten, hatte die Äbtissin die abteiliche Würde empfangen; trotzdem sie lutherisch war. Unter seinem Sohn, dem späteren König Friedrich dem Ersten, hatte sie noch vermocht, dem Stift einige lutherische Kanonissinnen zuzuführen. Aber mit dem Regierungsantritt Friedrich

Wilhems I. wurde es anders. Seine Bestimmungen duldeten kein Dawiderhandeln.

Wenn der Landdroste von Busche oder der Mindener geheime Rat von Osten bei der Äbtissin erschienen, um „ihre Aufwartung zu machen“, war sie auf jeden Verdruß gefaßt.

Tags zuvor hatte der von Busche wieder eine Botschaft aus Berlin zu übermitteln. Er drehte das große Schreiben des Königs um und um, bis er schließlich die betreffende Stelle fand.

‘Möchte nicht wissen, welch méchante Äußerungen gegen mich darin enthalten sind!’

Es war nur ein halber Satz gewesen, den der Landdroste preisgab; der Wunsch: „Daß Unsere Verwandte, die verwittibte Markgräfin von Brandenburg-Schwedt, als Koadjutorin im Stift adoptiert werden möge.“

Dieser halbe Satz jagte der Äbtissin fliegende Hitze in den Kopf.

Sie hatte sich für die Antwort einige Tage Bedenkzeit ausgebeten. Morgen ist sie abgelaufen.

Von früh bis in die Nacht hält sie Zwiesprache mit sich selbst. Die Sache nur hinauszögern, scheint ihr sinnlos. Ihr kommt ein verwegener Einfall.

‘Gut! Ich werde die Koadjuterie der Markgräfin zustandebringen, so die Abtei dafür eine Summe von 20.000 Reichstalern erhält!

Das dürfte meinem geizigen Vetter Friedrich Wilhelm zu viel sein.’

Eine Kanonissinnenstelle im Abteigebäude mit dem großen Dormitorium kommt für die Markgräfin nicht in Frage. Für sie müßte es eine der außerhalb liegenden, hübschen Kurien sein mit eigener Hofhaltung.

'Wenn aber mein Vetter *doch* auf die hohe Summe eingehen sollte?', wandte ihr anderes, zaghafteres Selbst ein; 'es ist ihm viel an der Sache gelegen. Was würde unsrer Abtei die hohe Geldsumme nützen, wenn ich dafür den Kampf endgültig verlöre?'

Aber da fielen ihr Berichte ein über den Mittagstisch im derzeitigen Berliner Schloß, – daß niemand dort satt werde; daß man mit dem Duft der Speisen sich genügen müsse...

Der König von Preußen war nicht auf die hohe Summe eingegangen. Er schickte den Landdrosten nach Herford, um sich auf 8000 Taler zu einigen.

Die Äbtissin antwortete mit einem überlegenen Lächeln.

Sie mußte wieder einmal Zeit gewinnen.

Das Lutherische Haus Hessen-Kassel bestürmte sie: „Suchet vor allen Dingen die Sache zu zernichten, damit nicht eine nahe Königliche Verwandte Äbtissin seyn sollte."

Aber die dortige Anwärterin war ein ganz junges Prinzesslein; konnte noch lange nicht in der Abtei aufgenommen werden.

Der Kampf stand wieder auf des Messers Schneide.

'Keine Angehörige der Lutherischen Religion künftig mehr für unsere Abtei! Darauf zielt der König.

Ist es nicht *Unsere* Lutherische Münsterkirche? Hatten bisher auch etliche Reformierte unter uns gelitten, die sich zu ihrer Wolderuskapelle hielten. Jetzt soll Unser fürstliches Chorgestühl wohl fürderhin leer bleiben?! Ist es nicht meine Pflicht, für den alten Lutherischen Glauben zu kämpfen?'

Sie fühlt sich erschöpft. Aber vor ihr türmen sich Berge von Pflichten, die sie von ihrem Krankenlager aus nicht bewältigen kann. Die anderen haben recht: es geht nicht länger ohne eine Koadjutorin, die sie vertritt.

'Wenn ich mir's recht eingestehe, könnte ich mir keine bessere wünschen, als die Johanna Charlotte von Brandenburg-Schwedt. Wenn sie doch nicht reformiert wäre! Sie ist die Einzige mit Vernunft und Erfahrung genug, um die Lehenhöfe zu bereisen. Jeder anderen können die Bauern erzählen, was zu deren Nutzen gereicht. Sie ist außerdem bescheiden; wird sich in nichts hereindrängen.

Laß sie doch ruhig kommen! Ich könnte sie als meinen Gast aufnehmen. Niemand wird mir verargen, wenn ich mich durch eine Verwandte unterstützen und vertreten lasse, wenn sie auch nicht der Abtei angehört. Sollte ich darüber mit dem von Busche akkordieren? Dann wäre mir geholfen. Und mein lieber Vetter in Berlin ist zufrieden. Später kann man weitersehen. Vielleicht doch noch eine Heirat?'

Zunächst braucht sie Hilfe.

Die Markgräfin Johanna Charlotte bewohnte wieder den kleinen Gästeflügel der abteilichen Residenz. So dringend hatte die Äbtissin um ihr Kommen gebeten, daß sie schleunig ihre Sachen gepackt und sich auf den Weg gemacht hatte.

Nun stand sie am gleichen Fenster und blickte über den breiten Abteiplatz hin bis vor die altersgrauen Steinornamente und -figuren der Münsterturmseite.

Unwillkürlich wandte sie den Kopf. Ihr war, als stünde eine Tür offen. Dabei blickte sie gar nicht zu der etwas windschiefen Tür ihres Gastzimmers hin mit der zierlich gebogenen Messingklinke. Immer war es die Tür der Orangerie im Detmolder Friedrichstal: auf dem rechten Flügel Fortuna mit dem Füllhorn, auf dem anderen hinter der durchsichtigen Rosenhecke der Tod. „Auch beim heitersten Fest muß man an den Tod denken", hatte der Graf Friedrich Adolph beim Erklären dieser Bilder seinen Gästen gesagt.

Die Seite mit der schönen Fortuna beachtete sie nicht. Aber die andere mit dem Tod, die ging nicht mehr zu. Immer stand sie einen Spalt offen.

Kurz nach ihrer Ankunft hatte man geglaubt, es gehe mit der Äbtissin zu Ende. Der Medicus sagte: „Wenn ihr nicht binnen 24 Stunden wäre Rat geschaffen, sie des Todes hätte sein."

Dann aber kehrte der alte Zustand zurück. Der Atem hob mit großer Anstrengung die schwere Brust; Seufzer und Klagen galten den Schmerzen in den Beinen.

„Ihre Königliche Hoheit möchten zur Frau Äbtissin herüber kommen", meldete der Page zu ungewohnter Stunde.

Sorgenvoll eilte sie hin. Die Schmerzen schienen jedoch erträglicher; denn sie lag ganz still.

Sie habe eine Post aus Detmold mitzuteilen, sagte sie. Und schweigend überreichte sie ihr das Blatt.

„Den 18. Juley 1718 haben Seine Hochgräflichen Gnaden, unser regierender Landesherr, des morgens um 8 Uhr auf der Friedrich-Adolphsburg bei Detmold dieses zeitliche mit dem ewigen verwechselt und dadurch die Hochgräfliche Gemahlin und Kinder in große Betrübnis und das ganze Land in große Trauer gesetzet."

„Er war wirklich sehr angenehm und liebenswert", sagte die Äbtissin, „und bei all seinen Liebhabereien ein kluger und wohlwollender Landesfürst."

Johanna Charlotte gab schweigend den Brief zurück. Sie entschuldigte sich mit einer ehrerbietigen Verneigung und ging hinaus.

Wieder an ihrem Fenster. Draußen der Platz hatte sich in den kurzen Augenblicken seltsam verwandelt. Die Weite bis zur Münsterkirche gewaltig vergrößert. Als gäbe es nichts Nahes, Schützendes mehr.

Sie war doch gar nicht so oft mit diesem Grafen Friedrich Adolph zusammen gewesen. Wie kam es, daß plötzlich das Leben um so viel ärmer schien? Ärmer um einen warmen, blühenden Garten, an den man nicht zu denken braucht; der aber immer da ist.

Als Friedrich Adolph ihr vor drei Jahren knieend die Rose überreichte, da war sie in diesem Garten; umstrahlt von beglückender Sympathie. Und später beim Verlauf des Festes, wenn er wieder zu ihr kam und halb väterlich, halb Freund, sie fragte, ob sie sich denn auch vergnüge. „Sie hat mir heute eine gehörige Lektion erteilt", sagte er, „wegen des Unkrautes!" Da sie ihn wohl ein wenig erschrocken anblickte, hob er ihre Hand zart an die Lippen – „Möchte solcher Weis gern jeden Tag gerügt sein!“

Sonst hatten sie fast nur über Porzellan gesprochen. Er kannte ihre Vorliebe dafür. Und sie wußte schon, wenn er ihr winkte, mit ihm zu kommen, daß er wieder ein neues, schönes Stück zu zeigen hatte. Als hinge seine Freude einzig von ihrem Beifall ab.

Das tiefe Dunkelblau einer Spätsommernacht lag wie ein sammetner Königsmantel über der Stadt Detmold.

Um zehn Uhr hatte sich die Trauergemeinde bis auf den Marktplatz und weit in die Straßen hinein versammelt. Nur ein kleiner Teil fand Einlaß durch das Burgtor; Johanna Charlotte zwischen dem Landdrosten von Busche und dem Mindener Rat von Osten.

Der Innenhof des Schlosses mit den steinernen Zeichen und Zierden einer vergangenen Zeit verhüllte sich.

In der Hofkapelle, im Licht weniger Zeichen, stand der Zinnsarg. Einziger Schmuck auf seinen glatten Flächen die künstlich ausgestochenen Wappen mit der Lippischen Rose.

Zu beiden Seiten stand gesenkten Hauptes die Ritterschaft.

Nach der Aussegnung setzte sich der Zug in Bewegung.

In diesem Augenblick wurden im Schloßhof die Fackeln fliegend eine an der anderen entzündet; gehalten von der Garde und den Beamten des Lippischen Hofes; zu beiden Seiten des Weges, der wie mit einem

Teppich belegt, mit gelbem Sand bestreut war, von Tannengrün umsäumt.

Voraus ging die Geistlichkeit des ganzen Landes. Dann in Abstand der Leibpage mit dem Sammetkissen voll Orden und Ehrenzeichen.

Als die Ritterschaft den Sarg aus der Kapelle trug, standen die Fackelträger in dichtem Spalier bis hin zur Marktkirche, als präsentierten sie dem Toten statt des Gewehres das unvergängliche Licht.

Im Schloßhof waren die Lafetten aufgestellt aus den Feldzügen, in denen der Graf als tapferer Soldat mitgekämpft hatte.

Hinter dem Sarg wurde das gesattelte Leibroß geführt. Dann folgte der Erbgraf mit seiner Mutter und den Geschwistern.

Der Zug ging durch das Burgtor über die Holzbrücke des Schloßgrabens und rechts den Weg zur nahen Marktkirche.

Die Ritterschaft löste sich ab, weil jeder seinen Herrn eine Strecke tragen wollte.

Die tropfenden Fackeln ließen nur das Allernächste und nur für Augenblicke in ihrem rötlichen Licht aufscheinen.

So hatte Johanna Charlotte, schräg durch die Reihen, von Simon Henrich nur den Umriß gesehen.

Nicht mehr die hochaufgeschossene Jünglingsgestalt.

'Jetzt rückt er an die Stelle seines Vaters', durchfuhr es sie beklommen.

In der Kirche, unter dem mehr breit als hohen Gewölbe des Hauptschiffes, hatte die Nacht alle Entfernungen eingeholt und zusammengerückt. Alles nah, gegenwärtig. Nur noch das Aufblitzen an den Uniformen der Schloßgarde und des Leibregiments.

Im großen Altarraum stand der Sarg. Schwert und Fahne wurde feierlich darüber gelegt.

Johanna Charlotte hörte die Trauergesänge, die Gebete des Predigers. Aber als wäre sie weit fort. An der Tür der Orangerie, deren einer Flügel nun für immer offen stand.

Der Prediger hatte den Segen gesprochen. Der tote Landesherr wurde eingelassen zur Gruft seiner Väter.

Das war die schwere Eisentür der Detmolder Marktkirche, die sich hinter ihm schloß.

Ein Schmerz überkam Johanna Charlotte, ein Heimweh, das ihr den Atem schnürte.

War sie denn jetzt um so viel mehr allein, denn sonst? Was sich da losriß, war doch nur eine kleine, kaum ausgesprochene Sympathie zwischen ihr und dem Verstorbenen! Konnte die solch ein bitteres, nachhaltiges Vermissen zurücklassen?

Wäre es der Sohn Simon Henrich gewesen! Der hatte immer vor ihr gestanden, wenn jemand sie um ihre Hand angehen wollte; mit seiner zarten und doch so glühenden Jünglingsliebe; über die hinweg ihr Herz nicht mehr entscheiden konnte. Der blieb für immer hineinverwoben in ihre Einsamkeit.

Aber der Vater?

9.

Das Leben in der Abtei hatte Johanna Charlotte sich anders gedacht. Dieser weite Platz inmitten der Stiftsgebäude, den die Turmseite des Münsters beschützte, war ihr als ein Reich der Stille und des Friedens erschienen.

Aber da war gar keine Stille. Da war im Gegenteil etwas, das fortwährend zu reden schien. Manchmal war es die häßliche Stimme des Neides. Oft die der Kränkung durch ein unbedachtes Wort. Oder eine leise, eintönige Unzufriedenheit. Die konnte man fast immer hören. Denn die Kanonissinnen waren nie eines Sinnes.

Wohl gab es auch freundliche, zufriedene unter ihnen. Solche, die sich mit Eifer einer Beschäftigung hingaben. Die einen malten Bilder, andere vollführten kunstvolle Handarbeiten. Oder sie standen mit der großen Welt in Verbindung und schrieben Briefe. Solche aber, die einem früher aufwandreichen Leben nachtrauerten, brachten ihre Tage damit hin, anderen zu erzählen, wie großartig sie es damals gewöhnt waren. Die gingen spazieren, kauften ein und ruhten sich davon aus.

Johanna Charlotte malte nicht und stickte nicht. Briefe schrieb sie an ihre Kinder.

Aber sie hatte neben der Pflicht auch ihre Freuden. Da war das Porzellan, das in Meißen hergestellt wurde, in mannigfachen Formen und Farben, je nach Bestellung des Auftraggebers. Wenn sie später in eigener Wohnung mehr Platz hat, wird sie auch solche Aufträge erteilen. Sie hatte sich schon verschiedenes ausgedacht und in ein Büchlein geschrieben: „Hahn von ziemlicher Größe nach der Natur wie er auf dem Rasen stehend schreiet. Auf einem Korbe sitzende Henne nebst zwei Jungen so als eine Zuckerdose zu gebrauchen vor die Prinzessin von Herford."

Infolge der langen Krankheit der Äbtissin waren die Visitationsfahrten in die entlegeneren Gebiete des abteilichen Lehensbesitzes unterblieben.

Im Jahre 868 hatte Ludwig der Deutsche der Abtei zwei große Weingebiete am Rhein zum Geschenk gemacht samt allen Hofhaltungen und Hörigen. Dorther aus Arenberg bei Ehrenbreitenstein und aus Leutesdorf bei Neuwied hat die Abtei all die Jahrhunderte ihren Wein erhalten.

Früher war die Äbtissin jeden Herbst den weiten Weg dorthin gefahren. Jetzt meldete die Kellermeisterin nach Eintreffen der Weinfuhren, daß die Schiffer sich während der Fahrt zu Wasser nach Duisburg müßten vergriffen haben; obgleich ihnen doch jedes Mal 1/2 Ohm Wein zum Trinken werde auf das Schiff gegeben. Es sei notwendig sich dortselbst zu überzeugen, ob auch alle Pflichten von den Hörigen erfüllt würden.

Johanna Charlotte hatte schon zwei Tagereisen hinter sich, als sie den abteilichen Bezirken näher kam. Lange Vorbereitungen waren dieser Reise vorausgegangen. Man mußte mit den alten Bestimmungen vertraut sein, um alle Rechte wahrnehmen zu können. „Wenn die Frau Äbtissin nach Leutesdorf kommt, müssen die

Hörigen ihre Pferde freundlich in ihre Häuser aufnehmen, und jeder hat dem Hof, wo sie absteigt, zwei große Kissen zu liefern."

Johanna Charlotte hatte mit den Vögten und Meiern verhandelt und ihre weitläufigen Berichte angehört. Nun fuhr sie noch über den Rhein auf Andernach zu.

Ungewohnt die Landschaft mit den herbstlich leeren, grauen Weinbergen. Die Städte und ihre ehrwürdigen Bauten voll unbekannter Bedeutung. In diesem katholischen Land spürte man mehr als anderswo das uralte Herkommen.

Die Luft war weich und ein wenig schwer; die seltsame Schönheit dieses Landes fast bedrückend. Warum konnte sie denn nicht dieses eine Mal alles vergessen, was ihr das Leben in der Herforder Abtei so schwer machte? Diese ewigen, winzig kleinen Verdrießlichkeiten! Immer fühlte sich jemand benachteiligt. Meistens wegen der Zuteilung der Lehensabgaben; weil etwa das halbe Schwein *hinter* dem Rückgrat geschnitten, der anderen zugefallen war und ihr die kleinere Hälfte; weil die Eier der anderen größer gewesen. Oder wegen mangelnder Zeichen der Gunst. Und immer diese törichten Mißverständnisse! Sie mußte wahrhaftig hier im sonnigen Rheinland an die letzte katholische Äbtissin von Herford denken, die den lutherisch gewordenen Städtern die Münsterkirche verschließen wollte. Damals erschienen die Ratsherren vor ihrer Residenz mit einem Bittgesuch. Ihr Ärger ließ sie unter ihnen etwas Rotes erblicken. Sie vermutete das Gewand des Scharfrichters. Überzeugt, man wolle ihr Leid antun, sank sie ohnmächtig zu Boden. Dann floh sie für immer nach dem Abteigut Sundern, mit einem Nervenfieber behaftet, das sie nie mehr verließ. Und die Ratsherren hatten doch nur um die Erlaubnis bitten wollen, „daß sie dürften das Abendmahl auf Lutherische Weise in der Münsterkirche halten."

Sehen wir nicht oft den Scharfrichter, wenn jemand uns nur um etwas bitten möchte? Johanna Charlotte war als wiederhole sich diese Geschichte fast täglich in der Herforder Abtei.

Das Schlimmste war, daß sie anfing zu zweifeln, ob sie zur Äbtissin tauge. Immer unter den Stiftsdamen beschwichtigen und ausgleichen! Manche dieser ältlichen Fräulein waren von gar so fatalem Wesen: eingebildet, hochfahrend, unduldsam. Sie vermied es, ihnen zu begegnen. Aber sie hatte doch auch für *sie* da zu sein; freundlich und hilfreich.

Sie überlegte, wie sie es bei ihren Kindern gehalten hatte, wenn sie sich zankten. Die hatte sie weit in den Garten geschickt oder bis ans andere Ende des Schwedter Schlosses. Dann kehrten sie zurück mit glühenden Wangen; und der Zwist war vergessen.

Sie lächelte im Gedanken an einige Stiftsdamen, die sie durch sämtliche Abteigebäude jagen müßte.

Der Zweifel an ihrer Berufung wollte sie nicht einmal loslassen, als sie in der Kirche einer kleineren Stadt vor dem Marienaltar stand. Das edle Antlitz voll Gleichmut und Güte blickte eindringlich auf sie herab aus seinem goldnen Hintergrund. „Du liebe Frau, dir hätt' solch Widerstreben und Ungemach nicht den Mut genommen, wie mir Armseligen. Dürfte ich doch recht von Herzen dich lieben! Daß dein Vorbild mir helfe!"

Und sie sah andere an diesem Bild vorübergehen. Die Lutherischen mit Wohlgefallen auf ihre Schönheit blickend; aber oft ohne die Ehrfurcht, die ihr gebührte. Die Katholiken verneigten sich mit ihrer gewohnten Begrüßung; auch nicht alle von Herzen.

Bunt waren die Tage im Rheinland, von zartem Glanz und weltlichem Handel. Es ging ja nicht allein um die Menge Weines, die der Abtei zustand. Da waren noch andere Abgaben entgegenzunehmen und auch etliche zu entrichten: „Die Äbtissin hat dem Schiffer zwei Schinken zu geben, 46 Sommerkäse und drei Spikermaten Salz..."

Letzte Nacht auf der Heimfahrt. Johanna Charlotte hatte sich gern an diese kleinen, wunderlichen Quartiere gewöhnt, die einen aus der herkömmlichen Welt herausholten – mit dem Blick aus den winzigen Fenstern über das bäuerliche Land.

In solch einer Kammer sah sie im Traum einen Schrein mit zweiflügelig-geschlossener Tür. Auf die schaute sie mit einer unbekannten Sehnsucht. Und unter ihren Blicken öffnete sich die Tür langsam von der Mitte aus. In dem Schrein stand die Gottesmutter und sah sie an. Darauf schlossen sich die Türflügel. Johanna Charlotte empfand eine große Beglückung. Und sie dachte im Traum: ob ich noch einmal sehnsüchtig dorthin schauen dürfte? Und abermals öffnete sich der Schrein. Die Gottesmutter trat heraus, und dicht neben ihr – als vertraute sie ihr ein Geheimnis – sagte sie leise:

„*Er* wird mich vollenden." 'Sie ist es doch', durchfuhr es Johanna Charlotte und gleichzeitig: 'aber jetzt fordert es der Anstand, daß ich die Wahrheit sage': „Du mußt wissen, ich bin nicht katholisch." Da wehrte die liebe Frau mit zärtlicher Hand: „Ich bin doch für *alle* da."

Beim Erwachen fühlte Johanna Charlotte eine tiefe Ruhe in ihrem Herzen. 'Wenn ich Äbtissin werden sollte, will ich einen kleinen Orden stiften mit dem Bild der Gottesmutter, an der Knüpfung des Ordensbandes zu tragen.' Und sie dachte nicht mehr an die Enttäuschungen und Widrigkeiten des Abteilebens, sondern an das verehrungswürdige Vorbild.

Seither hat der Koch der Herforder Stiftsdamen manchen Wagenzug vom Rhein her begleitet und den Wein in die Abteikeller eingebracht. Die Kellermeisterin gab ihn aus in 27 Teilen: der Frau Äbtissin, jedem Wochenherrn, Diakon und Subdiakon, Rentmeister, Kellermeisterin... „Den Rest möge das Stift teilen."

Das hätte schon genügt, Unzufriedenheit heraufzubeschwören. Aber da schwebte außerdem der Streit zwischen Stadt und Abtei um die Schankgerechtigkeit, das „Weinzappen". Der Anwalt der Stadt wollte nachweisen, daß der Weinzapper, der caupo, nur berechtigt gewesen sei, den von den Stiftsdamen benötigten Wein zu verabfolgen. Die Stadt hätte in diesen geldarmen Zeiten solche Einnahmen brauchen können. Und die Herren Räte waren der Meinung, daß ihnen dieser Weingenuß besser anstünde als den Stiftsdamen, die doch eines bescheidenen Lebens sich zu befleißigen gelobt.

Aber Ludwig der Deutsche hatte im Jahre 868 dieses Geschenk der Abtei gemacht und nicht den Herforder Ratsherren.

10.

Ehe das Jahr zu Ende ging, wurde der Besuch des jüngsten Schirmherrn der Abtei, Graf Simon Henrich zur Lippe, bei der Äbtissin angekündigt.

Johanna Charlotte kämpfte vergebens gegen eine Erregung an, die sie seit dieser Nachricht aus dem Gleichmaß brachte.

Die Begegnung in Detmold und Friedrichstal lag schon einige Jahre zurück. Sie hatte sich für die Abtei entschieden.

Wirklich entschieden? Es waren ihr doch Zweifel angekommen.

Seit der abendlichen Beisetzung des verstorbenen Grafen wußte sie, daß der Sohn nicht mehr der Jüngling war, dessen Herz einst für sie erglühte. Wenn sie jetzt an ihn dachte – und sie dachte an ihn – sah sie ihn genau so ernst vor sich, wie er in der Schlichtheit des Traueranzugs hinter dem Sarg des Vaters einherschritt. Seither glaubte sie, seine Freundschaft zu wünschen.

Dazu aber paßte die Unruhe nicht, die sie verspürte, seit sie wußte, daß er erwartet werde.

Die Äbtissin hatte sich schon eine Stunde vor der angegebenen Zeit auf die Liegebank in ihrem Wohnzimmer betten lassen; gegenüber dem Sekretär aus Rosenholz, dem sie bei Johanna Charlottes erstem Besuch die Einladung zum Fest nach Friedrichstal entnommen hatte. Damals war sie noch die große Dame gewesen, deren Unterhaltung einen Kreis von Menschen im Bann hielt. Jetzt stand Johanna Charlotte neben ihr wie eine Hofdame und horchte auf die angestrengten Atemzüge.

Als vor der Abtei die Bewegung von Pferden, Wagen und Bedienten heraufdrang, sah sie durch den Vorhang hinunter auf das Gewoge um den Galawagen. Und während sie die umständliche Zeremonie des Aussteigens beobachtete, überkam sie Enttäuschung.

Nichts von der erhofften Einfachheit. 'Er ist prunkliebend wie sein Vater.'

Sie trat zurück an die Seite der Äbtissin und wartete, bis die Tür geöffnet wurde. Nach der Begrüßung zog sie sich ins Nebenzimmer zurück.

Die Äbtissin hatte von diesem Besuch nichts erwartet. Sie nannte Simon Henrich geringschätzig einen unerfahrenen Jungen, den sie denn auch ihre Macht fühlen ließ: unmittelbar, dem Heiligen Römischen Kaiserreich deutscher Nation näher verbunden als die kleinen Grafen zur Lippe, die keinen Sitz im Reichstag hatten.

Eigentlich sollte der Besuch Johanna Charlotte gelten. Beim Hinausgehen bat der Graf, ihr seine Aufwartung machen zu dürfen.

Als sich kaum die Tür des Audienzzimmers hinter ihnen geschlossen hatte, blieb Simon Henrich ihr gegenüber stehen und sah ihr in die Augen. Als brauche er nur an den Abschied damals in Friedrichstal anzuknüpfen.

Nicht gefaßt auf die männliche Heftigkeit, wich sie einen Schritt zurück in den Schutz der Klostermauern.

„Ich gehöre der Abtei."

Er griff nach ihrer Hand. Und beschwörend, als hätte er ein Recht auf sie: „Du hast mir ehedem beim Abschied die Rose geschenkt!"

Sie erschrak bis ins innerste Gewissen. Die Rose!

„Die Rose deines Vaters", sagte sie leise, entschuldigend.

Jähe Bitterkeit veränderte seine Züge. Genau wie damals im Garten der Favorite, als er seinen Vater mit einem Kniefall die Rose überreichen sah.

„Ich gehöre der Abtei."

Es klang ihr scharf und streng in den Ohren, als wäre es nicht ihre Stimme.

Fiebernd vor Erregung hörte sie ihn fortgehen.

Sie stand noch auf der gleichen Stelle – hatte selber die Tür zugeschlagen. Für alle Erdenzeit. Fortuna.

Schon mancher hatte sich aus der Herforder Abtei seine Gattin geholt. Nicht nur vor vielen hundert Jahren König Henrich. Ihre eigene Schwester von Anhalt-Dessau war schon Äbtissin gewesen, als sie ihrem Gemahl auf einen weltlichen Thron folgte...

Warum hatte sie ihm damals die Rose geschenkt? Doch aus Freude über ein Geliebtsein, wie sie's zuvor noch nie erfahren hatte; so rein, so frei von aller gewohnten Überlegung. Glimmte nicht in ihrem verborgensten Herzen immer noch eine Sehnsucht nach dieser Liebe?

Aber er hätte an einer anderen Sonne reifen müssen, als sie über dem kleinen Lippischen Hof steht, über seinen Festen und Vergnügungen.

„Ich gehöre der Abtei."

Jetzt erst merkte sie, daß dieser Entschluß bisher noch gar nicht fest besiegelt war. Jetzt – gab es kein Zurück mehr.

Seit Johanna Charlotte zum erwarteten Sterben der Äbtissin gerufen worden war, hatte sich lange Zeit hindurch nichts geändert im Auf und Ab der Krankheit; und es sah oft aus, als solle es immer so weiter gehen. Unmerklich nur verschlimmerte sich ihr Zustand.

Ihr Hofhalten wurde immer beschwerlicher. Der Tag bestand nurmehr in der fast sakralen Handlung des An- und Auskleidens.

Die Kammerfrauen gerieten oft in Verzweiflung. Wehe, wenn ein Handgriff ein wenig anders ausfiel, als ursprünglich anbefohlen! Da die Äbtissin vor Schmerzen in den Beinen nicht mehr gehen konnte, ließ sie sich in der Sänfte zum Lehensaal tragen um zu regieren.

Je mehr ihre Kräfte dahinschwanden, desto heftiger suchte sie, ihre Macht zu bezeigen.

Der Mindener Geheime Rat hatte ein Schreiben aus Berlin erhalten.

„Von Gottes Gnaden Friedrich Wilhelm König in Preußen

Weil wir von verschiedenen Örtern die Nachricht erhalten, daß es mit der Äbtissin von Herford Gesundheit sehr schlecht stehe und wenig apparentz sey, daß diesselbe aus ihrer jetzigen Krankheit kommen würde, so müssen alle nötigen mesures genommen werden, daß auf den Fall, da der Höchste über vermeldte Äbtissin disponieren würde, Unsere Cousine, die verwittibte

Markgräfin von Brandenburg-Schwedt aufs fordersamste zur Äbtissin postulieret werden möge…“

Vom Inhalt dieses Schreibens hatte die Äbtissin Kunde erhalten. Ihre Wut schäumte auf.

Noch lebte sie! Noch hielt sie alles in ihrer Hand! Das wollte sie dem „groben Vetter“, dem Preußenkönig zeigen.

Am nächsten Morgen kam die Kammerfrau atemlos zu Johanna Charlotte herübergelaufen, rang die Hände und beschwor sie, ja nicht zur Frau Äbtissin hinüber zu gehen. „Sie wird Sie töten!“

„Mich töten?“

Die Kammerfrau erklärte: „Nach einem Anfall von Schmerzen im Leib hegt sie Argwohn, als wenn ihr wäre Gift beigebracht worden.“

„Von mir?“

Als Johanna Charlotte an das Krankenbett trat, ballte ihr die Äbtissin beide Fäuste entgegen: „Ich weiß, von welcher Seite mir das kommt!“

Ruhige, freundliche Worte brachten sie zur Besinnung. Sie sah ihr Gegenüber erstaunt an und warf ihren Zorn auf den Preußenkönig.

Nachdem der Medicus das Seine getan hatte, wurde der Pastor geholt. Aber wie auch der gütige alte Herr sich mühte, – schwer, dieser eigenwilligen Frau Trost zu spenden! Plötzlich griff sie seiner Rede in die Zügel und führte sie ganz woanders hin. Sie nahm das Abendmahl und sprach das Vaterunser. Anderes ließ sie nicht an sich herankommen. Beim Fortgehen schüttelte der Pastor den Kopf. Er wartete vergeblich auf das

Stillwerden – diesen Segen fast jeder langen Krankheit.

Am nächsten Morgen befahl die Äbtissin, ohne weitere Erklärung, ihre Koffer zu packen. Die Erregung hatte ihr Kraft gegeben. Jetzt brauchte sie Ruhe zum Reifen eines Planes. Sie ließ sich in den Reisewagen heben, um für längere Zeit der Abtei den Rücken zu kehren, und fuhr mit ihrem Gefolge auf ihr Besitztum in Verden.

Das Kapitel stand auf seiten der Markgräfin. Es beschloß, während der Äbtissin Abwesenheit, ohne deren Zuziehung, die Prinzessin von Hessen-Homburg zur Dechanissin zu wählen, mit der Bedingung, daß nach der Äbtissin Tod sämtliche Damen ihre Stimme der Markgräfin Johanna Charlotte zu geben hätten. Der kranken Äbtissin erklärte das Kapitel in aller Höflichkeit und Ehrerbietung, daß etliche eingetretene Fälle schleunigen Beschluß forderten, auf daß zum Wohle des Stifts durch Aufschub nichts versäumt würde.

Das hatte noch gefehlt, um den Zorn der Äbtissin auf die höchste Spitze zu treiben!

Jetzt bedurfte ihr Entschluß keiner ruhigen Überlegung mehr. Sie wollte nach Wien fahren. „Ich werde dem Kaiser die Abtei in die Hände liefern."

Das war ihr gewaltigster Trumpf gegen den Preußenkönig, gegen das Kapitel, gegen alle.

Es lag ihr daran, daß die Kunde von diesem Vorhaben bis nach Berlin dringe.

Sofort schrieb der König seinem Hebdomadarius Sternfeld nach Minden, daß die Äbtissin „ohne Zweifel allerhand gefährliche Dinge gegen Uns suche und wer weiß was für ein dessin durchtreiben wolle." Er befahl, daß alles, was sie vornähme, genau beobachtet werde; ob es sich nur um „contrecarrierung der Markgräflichen Wahl handle, oder auf was sonst ihr Vorhaben gemünzt sei."

Ein Sieg, wie sie ihn größer nicht erträumen konnte. Der Preußenkönig, vor dessen Gewalt und Eigenwillen alle zitterten – er fühlte sich bedroht durch diese alte, energische Frau.

Zwar hat sie den Inhalt dieses Briefes nie erfahren; und die Reise nach Wien wurde durch ihre Krankheit verhindert. Aber sie hatte noch einmal ihre Macht gezeigt.

Die Stiftsdamen beobachteten mit Sorge das angestrengte, zarte Aussehen der Markgräfin. „Es betrübt sie, die Ursache des Streites in unsrer Abtei zu sein."

Aber es war noch etwas anderes, was ihr Kummer verursachte; wovon die Stiftsdamen nicht wußten.

Die entlegenen Abteilichen Lehensbezirke hatte Johanna Charlotte bereist. Jetzt brachten sie ihre Fahrten im Lippischen Lande umher.

Sie hörte schon länger von Klagen, die von den Städten gegen das Land erhoben wurden, weil neuerdings einige Zweige des Handels auch an Personen auf dem Lande gegen feste Konzessionen verpachtet wurden. Die Stadt Lemgo beschwerte sich, „daß aller Erwerb aus der Stadt auf die Dörfer gezogen, als ob aller Handel mit Besen aus der Stadt gekehret sei."

Jetzt aber hob auch in den Dörfern die Klage an. Es wäre doch ein altes Privileg, daß in jedem bekannten Dorf nur *ein* Schneider, folglich in unbekanntem *keiner* gestattet sei; auf einer Wegmeile durfte kein Schuhmacher sich niederlassen, damit dem Amt in der Stadt kein Nahrungsabbruch verursacht würde. Jetzt beachtete niemand mehr diese Gesetze. Man hörte nur noch vom Niedergang der Städte sprechen und in den Dörfern schalt man über die unheilvollen „Monopolien".

Auf Johanna Charlottes erschreckte Fragen bekam sie zu hören: „Die Grafschaft Lippe braucht Geld." Darum habe die Kammer derlei Monopolien eingeführt.

Die Anlagen von Friedrichstal, die dortigen Festlichkeiten standen grell vor ihr. Wenn auch der Name bisher nicht gefallen war: der Vorwurf traf den Grafen selbst. Simon Henrich.

Sie mußte sich Klarheit verschaffen. Da fiel ihr ein, daß sie die Äbtissin einst ins Schötmar'sche begleitet hatte. Dort auf dem Schwaghof fand sie einen Besitzer, der anders war als die übrigen Bauern. Man weiß von ihm, daß jeder Hilfsbedürftige bei ihm Gehör findet. Wenn er allein ist, holt er ein Buch aus dem Schrank oder seinen Fidelbogen und vergißt die Zeit. Dieser Mann hat ihr Vertrauen gewonnen. Mit ihm will sie sprechen.

Als ihr Wagen in den Hof fuhr, brachte er gerade ein Fuder frischen Klee herein. Er stemmte sich gegen den Kopf des Pferdes, damit es langsam die schwere Fracht durch das Deelentor gleiten ließ, ohne viel von dem nahrhaften Grün zu verlieren.

Über dem Tor zwischen den zierlich gemalten Kronen der Lebensbäume stand zu lesen: „Die Gnade des Herrn währet von Ewigkeit zu Ewigkeit über die, so Ihn fürchten und Seine Gerechtigkeit auf Kindeskind bei denen, die Seinen Bund halten und gedenken an Seine Gebote, daß sie danach tun.“ Darunter die Namen der Meier zu Schwabedissen.

Das Fuder war im großen Deelenraum angelangt. Der Bauer überließ das Pferd seinem Knecht und ging auf den Gast zu, ihn in die gute Stube zu geleiten. Der Ausdruck seines stillen Gesichtes hatte beinahe etwas Bekümmertes; weil er tief in alles Geschehen hineinsah. Er fragte nach der Frau Äbtissin Ergehen.

Seiner Abgaben wegen brauchte man nicht zu kommen; damit hatte es immer seine Ordnung.

Johanna Charlotte empfand wieder das gute sichere Vertrauen. Nach kurzem Gespräch bat sie, er möchte ihr doch erklären, was es mit den Monopolien auf sich habe.

Er zog die Stirnfalten hoch. „Je mehr sie Monopolien zulassen, auch auf dem Lande, desto besser für die Gräfliche Kasse.“

Mit seinem natürlichen Takt streifte er vorsichtig den allzu großen Aufwand.

„Was die harten Pressuren der Untertanen sind, so gehören da auch die überflüssige prächtige Gebäude zu. Und endlich sind auch hierher die Feuerwerks zu zählen; die werden bisweilen mit solchen großen Kosten gehalten, bloß zur Lust und ohne Nutzen; da fliegen in einem Augenblicke manch tausend Gulden in die Luft, anstatt durch den Handel eine Nahrung in das Land zu bringen."

Und Johanna Charlotte tat die bedrückende Frage: ob denn diese Klagen sich auch gegen den Landesherrn richteten.

Da blickte er sie mit seinen ruhigen, klugen Augen eine Weile schweigend an, ehe er seine Lippen langsam bewegte:

„Das dürften sie in Detmold nicht machen."

Dabei stand der Kummer offen auf seinem Gesicht. „Das gibt böses Blut. Sind doch sonst so nette und gemeine Mensken, – kein bißchen stolz, kennen einen jeden und reden damit. Aber – *das* dürften sie nicht machen. Weil doch die Monopolien, was die Kammer eingeführt hat, des Landes Armut ganz scheinbar mit veranlassen. Wenn sie doch nur wollten den freien Handel verstatten! Die Freiheit täte viel besser!"

Seine sehenden Augen bemerkten nicht nur ein Erschrecken auf dem Antlitz der Markgräfin, sondern Schmerz. Und aus der Sicherheit seines Gefühls sagte er begütigend:

„Da weiß *er* nix von."

„Der Graf?", fragte sie erstaunt – „Wie wäre das möglich?"

„Jau. Die da ganz oben, die wissen dat nich. Was sein Vater is, der war da auch so einfältig inne. Das kömmt alles von die Ministers und Räte. Die wollen nich, daß der Herr dat weiß."

Er machte eine abfällige Handbewegung. „Die haben Bange, daß ihnen was abgehen könnte."

„Aber so groß ist doch das Land Lippe nicht!“

„Schad’t nich. Könnt mich gläuben, die machen, daß er das nich gewahr wird; das lernen die, ein jeder vom anderen.“ Und wieder begütigend: „Ein verschuldet Anwesen is auch nich so leicht zu regieren.“

Sie mußte ein belustigtes Lächeln unterdrücken über dieser treuherzigen Deutung; trotz des empfindlichen Schmerzes. Sie fühlte sich durch die Mitteilungen in ihrem eigenen Innern getroffen.

Hatte sie nicht Simon Henrich auf immer abgesagt? Wie konnten ihr denn die Worte dieses Mannes so wehe tun?

Ebenso fragte sie sich, wenn Simon Heinrichs Stiefmutter die kranke Äbtissin besuchte und von ihrer Schwiegertochter erzählte. ‘Warum ist es mir so schwer, davon zu hören? Natürlich mußte er heiraten und Kinder haben...’

Seit den wenigen, heftigen Sätzen damals in der Abtei, als sie ihn von sich gehen ließ, hatte sie Simon Henrich nicht mehr gesehen. Was änderte es, daß er nun Familie hatte? Sie konnte es sich nicht erklären. Aber es war, als habe sich jetzt erst zwischen ihm und ihr die Ferne für immer aufgetan.

11.

Die Äbtissin gab ihren Kampf nicht verloren.

Ohne das Kapitel zu befragen, schrieb sie aus Verden mit eigener Hand: „Von Gottes Gnaden Wir, Charlotte Sophie von Livland, Kurland und Semgallen Herzogin, des Kayserlich freiweltlichen Stifts zu Herford Äbtissin, des Heiligen Römischen Reiches Fürstin. Nachdem Wir auf seine Königliche Majestät von Dänemarck recommandation der Printzessin Charlotte von Holstein in Unser Hochstift aufzunehmen und mit einer Kanonissin-Praebende zu belehnen resolvieret, und Wir derselben die solemne Investitur widerfahren lassen wollen, Wir Unsers Hochstifts Capitul anbefehlen, Unsere fernere Ordre abzuwarten..."

Das Kapitel beschloß einmütig, diese Wahl als ungültig zu erklären. Sie widerspreche den Statuten, da die Äbtissin von Verden und nicht von Herford aus diese Ernennung vorgenommen habe.

Die Sache kam vor das Reichsgericht.

In Wien liefen um jene Zeit Briefe um Briefe ein; Bitten der Äbtissin an den Kaiser, er möge gnädiglich ihre verfügte Wahl bestätigen. Sie berief sich sogar auf ihr langwieriges Krankenlager; man möge sie doch von ihren Amtspflichten dispensieren und ihr erlauben, die Prinzessin von Holstein als Koadjutorin einzusetzen.

Sie fand kein Gehör. Dem Kaiser lag nicht daran, wegen der kleinen protestantischen Abtei zu Herford sich mit dem Preußenkönig zu entzweien. Friedrich Wilhelm I. hatte durch Sparsamkeit und Strenge sein

Land zu einer Großmacht erhoben. Er besaß das beste Heer; und in der Staatskasse mehr Geld als das gewaltige Kaiserreich. Außerdem sagte man sich in Wien und in Berlin, daß es mit der Äbtissin wohl bald zu Ende gehen werde.

Wenn Johanna Charlotte auch immer noch als Gast im Stift weilte, so galt sie doch längst als die Vertreterin der Äbtissin und war auf eigene Verantwortung gestellt in jeder ihrer Handlungen. Den Pflichten der Herrscherin kam sie nach. Ihre Rechte hingegen waren begrenzt.

Alle Klagen und Beschwerden richteten sich an sie. Seit bald zehn Jahren war nichts mehr geschehen an den Abteigebäuden. In der einen Kurie drang der Regen durch das Dach; im Dormitorium fiel die Decke herunter; in einem anderen Haus blies erbarmungslos der Wind durch die Fenster und verursachte Schmerzen in den Gliedern. Aber der König hatte durch den Drosten ausrichten lassen: „Mit Reparierung der Abtey-Residentz zu Herfordt kann nichts vorgenommen werden ehe die Markgräfin würklich Äbtissin und der Succession völlig versichert seyn möge."

Der König wußte, warum er seiner Cousine Johanna Charlotte diese Erlaubnis versagte – im Hinblick auf die bevorstehende Wahl.

Indessen war die Äbtissin nach Herford zurückgekehrt. Sie sah sich um in ihrer Residenz, erstaunt, alles unangetastet vorzufinden. Niemand hatte während des langen Fortseins, wie sie vermutet, ihre Rechte an sich gerissen.

Nach der Anstrengung ihrer weiten Reise weicher gestimmt, fühlte sie sich beschämt. In ihrem Innern gerecht, bat sie Johanna Charlotte offen ihr Mißtrauen ab.

Damit war ihr Kampf ohne fühlbare Niederlage beendet.

Seit allzu langer Zeit an die steten Schwankungen ihres kranken Zustandes gewöhnt, kam allen das Ende unerwartet.

Als das Kapitel zusammentrat, um über die Art der Bestattung zu beraten, holte man das Testament ihrer großen Vorgängerin, der Landgräfin Elisabeth hervor und las, was sie bestimmt hatte: „Wir begehren ohne alle Zeremonie bei Nacht in dieser Unsrer Münsterkirche beigesetzet zu werden und zwar, daß man Uns ein kleines Gewölbe in dem Chor vor dem hohen Altar mache, darin die Leiche stehen kann, und nur auf eine eiserne Platte auf antike Weise setzen lasse, daß Wir gewesen, wie lange regieret, wann Wir geboren und gestorben sind."

Nur eines fühlte sich das Kapitel verpflichtet: nach dieser langen Krankheit, die ihr Wesen verändert hatte, an die zu erinnern, die sie vordem war, zu Nutz und Ehre der Abtei.

Bevor zur Äbtissinnenwahl geschritten werden durfte, mußten sechs Wochen nach dem Tode vergangen sein.

Wegen der Unstimmigkeiten im Stift hatte der Mindener Rat von Osten zuvor beim König von Preußen angefragt, ob man nicht für die Vakanz solle Schildwachen vor das Abteigebäude aufstellen. Aber der König antwortete: „... Das finden Wir nicht rathsam, weil es den Anschein haben würde, als ob man bei Erwählung der neuen Äbtissin Gewalt brauchen wollte, welches Unsere Meinung nicht ist."

Seit der Äbtissin Tod war im Gästeflügel der Abteilichen Residenz Ruhe eingetreten, die beängstigen konnte. Eine Leere, wie sie nur ein sehr geliebter Mensch hinterläßt; oder jemand, dem das Regieren angeboren war.

Kein Rufen und Hin- und Hereilen der Bedienten mehr, die besonders während der letzten Krankheitszeit immer auf dem Sprung waren. Eine Stille – man könnte ein Mäuslein pfeifen hören.

Aber das gerade gab die Stille nicht her. Nur plötzliche, schreckvolle Erschütterungen.

Manche behaupteten, um Mitternacht sei die tote Äbtissin durch ihre Räume gegangen und habe mit ihrem Krummstab ungeduldig auf den Boden geklopft. Andere wußten, daß über ihnen Gefangene sich ihrer Ketten entledigt und sie in rasender Flucht hinter sich hergezogen hätten. Oder, daß im Zweikampf Klingen gekreuzt wurden mit geschmeidig ausweichenden Sprüngen. Ein Knall aus einem Pistol, daß man erschrocken aus dem Schlafe fuhr...

Manch ein Gast kam nach ängstlich durchwachter Nacht erst wieder zur Ruhe, nachdem er vernommen hatte, daß diese gefährlichen Geräusche über ihm aus dem Katzensaal stammten, oben, neben der verschwiegeneren Linnenkammer.

„Wie viele sind es jetzt?“, hatte früher die Äbtissin bisweilen ärgerlich gefragt. Die Beschließerin, sonst eine grundehrliche Person, gestand in diesem einen Falle nie die Wahrheit.

Johanna Charlotte wußte als einstige Gutsfrau, daß man diesen Katzendynastien wegen der Unzahl von Mäusen und Ratten ihre Berechtigung zugestehen mußte. Früher war es nicht selten vorgekommen, daß in der Linnenkammer scharfe Nagezähne den Übeltätern Einlaß verschafften in die großen Holztruhen; sodaß ein Teil des gesponnenen Flachses nicht mehr verwebt werden konnte.

Von der neuen Äbtissin war nicht zu befürchten, daß sie diese großzügige Hofhaltung im oberen Stockwerk hindern würde. Sie war einsichtig und rügte nicht, wo es nicht sein mußte.

Aber eines konnte sie nicht leiden. Wenn sie auf den Gängen, in den Fensternischen die Stiftsdamen antraf, wie sie die Köpfe zusammensteckten. Dann wußte sie, daß im Detmolder Schloß wieder eine dieser üppigen Festlichkeiten bevorstand.

In Hofkreisen behauptete man, daß diese Feste eine ernste Regierungsmaßnahme erkennen ließen. Man müßte es sich schon etwas kosten lassen, durch geschickte Verbindungen den Besuch eines einflußreichen Regenten herbeizuführen, dessen Wort am Wiener Kaiserhof so viel galt, daß man auf Gehör rechnen konnte, wenn er sich dafür einsetzte, daß die Grafen zur Lippe in den Fürstenstand erhoben würden. Das bedeutete eine Stimme im Reichstag und bessere Verhältnisse für die Untertanen.

Piderit, der Finanzminister, warnte, wie er zu Friedrich Adolphs Zeiten gewarnt hatte, wenn es galt den Staatssäckel zu öffnen. Aber dem möglichen Erreichen dieses hohen Zieles vermochte selbst er nicht entgegenzuwirken.

Die eingeladenen Fürstlichkeiten besuchten huldvoll diese Feste. Bis sie aber an den Wiener Kaiserhof kamen, hatten sie das Anliegen des kleinen Lippischen Staates vergessen.

Mochte man die aufwendigen Veranstaltungen als Regentenpflicht gelten lassen. Aber die vielen galanten Abenteuer des Grafen Simon Henrich? Der Bau kleiner Lustschlösser für seine Auserwählten?

Am liebsten hätte Johanna Charlotte das Getuschel der Stiftsdamen gar nicht beachtet. Jedoch es verletzte sie. Mochte sie noch so ärgerlich ihren Stolz aufrufen, um sich darüber hinwegzusetzen. Sie wußte. Wußte genug, um an Simon Henrich enttäuscht zu sein. Aber da kam ihr immer wieder die beglückende Erinnerung an seine Jünglingsliebe; und die schob sich unmerklich vor alles, was ihr sein Bild verdunkeln wollte.

Liebesaffairen waren ja nichts Ungewöhnliches an einem damaligen Hof. Aber hier fühlte sie sich verletzt. Besonders wenn beredet wurde, daß der Sohn die Verschwendung ärger triebe als der Vater. Was ging es *sie* an?

Oder doch? Wenn es mehr gewesen wäre als eine

begeisterte Jüngligsliebe? Wäre es möglich, daß dieser weiche, junge Mensch im Grunde einer anderen, ernsteren Art zugestrebt hätte? Und weil die helfende Hand sich ihm versagte, er dem Leichtsinn den Lauf ließ? Was wissen wir Menschen, wo unsere Verantwortung füreinander aufhört?

Immer wieder muß sie an das Gespräch mit dem Meier vom Schwaghof zurückdenken. In seinem nachdenklichen Gesicht hatte sie gelesen, daß er den Grafen schärfer verurteilte als seine sparsamen Worte verrieten. Ihm ging es um des Grafen Verschwendung, die Land und Untertanen schädigte. Wenn der bedachtsame Mann recht hatte mit seiner Beteuerung, daß der Graf von den Folgen für das Land nichts wisse?

Dann würde ihr noch eine Begegnung mit ihm bevorstehen; von einer ganz anderen Seite – von Sorge und Verantwortung her.

'Wenn er es nicht weiß –' und als gelte es, ihn zu retten: 'Ich *muß* es ihm sagen.

Aber erst wenn ich Äbtissin bin.'

Zwei Stimmen fehlten noch zur gültigen Wahl.

Nachdem die Prinzessin Hessen-Homburg zur Dechanissin gewählt worden war, strebte sie selbst nach der höchsten Würde. Doch hatte sie nicht mehr als eine einzige Stimme für sich. Sie wurde vielmehr vom Kapitel veranlaßt, die Markgräfin Johanna Charlotte als Kanonissin einzusetzen, weil nur eine Angehörige der Abtei zur Äbtissin gewählt werden konnte.

Damit mußte die gekränkte Prinzessin Hessen-Homburg ihre eigene Niederlage veranlassen. Sie dankte von ihrem Posten ab und verließ das Herforder Stift.

Im Februar 1729 wurde Johanna Charlotte einstimmig zur Äbtissin gewählt.

Schon die umständliche Ausarbeitung des Statuts erforderte Zeit. Dann mußte das Schriftstück nach Wien geschickt werden, damit der Kaiser seine Einwilligung gab.

Darüber konnte leicht ein Jahr vergehen.

Der Frühling hatte es nicht eilig mit seinem Einzug. Kaum, daß er ein paar erste Blüten hervorgebracht, hüllte er sie gleich wieder in Schneewolken ein oder gab sie eisigen Winden preis. Als dann doch endlich Wiesen und Bäume grün schimmerten, war auch schon bald der Sommer da. Der ging steil auf seine hohe Mitte zu; und dann schob er lange den Abstieg hinaus, indem er allabendlich den Himmel mit tiefroter Glut schmückte, die an den Rosenstrauch im Detmolder Schloß erinnerte.

„Ein prächtiger Sommer“, hieß es allgemein. Aber Johanna Charlotte wurde die Wartezeit lang.

‘Ich muß es Simon Henrich sagen – wenn ich nur erst Äbtissin wäre!’

Der Sommer wurde schon kühl und neblig. Da traf endlich die Kaiserliche Bestätigung ein.

12.

Das Fest der Inthronisation wurde auf den zehnten Oktober festgesetzt.

Es gab vieles vorzubereiten und anzuordnen. Denn dieses Fest bedeutete einen großen Ehrentag für die Abtei, und weit über sie hinaus für das ganze Land; da eine Anzahl erlauchter Gäste erwartet wurde.

Mitten hinein in das Planen und Räumen, das emsige Treppauf, Treppab im Komturhaus, kam ein Bote vom Detmolder Schloß und überbrachte einen Brief.

Graf Simon Henrich lud Ihre Königliche Hoheit, die Frau Äbtissin zu einem Fest, eigens ihr zu Ehren.

Das Ungewöhnliche dieser Einladung, das ganz Unerwartete bestürzte sie.

„Ein Fest *mir* zu Ehren?! Was kommt ihn an!"

Wie sehr sie's auch drängte, ihm zu sagen, was sie ihm sagen mußte – doch erst als Äbtissin!

Da es ohne ihr Dazutun anders gekommen war, mußte es ihr recht sein.

Graf Simon Henrich hatte dieses Fest schon lange geplant, um ihr noch einmal zu begegnen, ehe sie sich in die abgeschlossene Welt der Abtei zurückzog.

Es war keine Bitterkeit mehr in ihm. Mochte es die Rose seines Vaters gewesen sein! Diese Rose war als das einzig Verbindende zwischen ihm und Johanna Charlotte zurückgeblieben. Nur einmal noch alles anklingen lassen!

Seine Gedanken waren auf den einen Augenblick gerichtet, da er abends in Friedrichstal mit ihr allein sein konnte, fern vom Getriebe der Gäste. Er hatte eine Überraschung für sie.

Im großen Ahnensaal des Detmolder Schlosses war die Tafel gedeckt. Johanna Charlotte saß nebem dem Grafen; im Angesicht des großen Alexandergobelins, der gegenüber die ganze Längswand bekleidete. Unwillkürlich lenkte er das Gespräch auf sich. Die linke Gruppe zeigte den Perserkönig Darius, wie er das Orakel befragt, das ihm die Priester aus den Eingeweiden großer Tiere deuten. Dann die tobende Schlacht. Und schließlich des Darius Gemahlin, wie sie, vor Alexander knieend, um Gnade fleht...

Simon Henrich weiß jede Einzelheit zu erklären. Das hat er von Kind auf gehört. Denn dieser Gobelin ist eine der größten Kostbarkeiten des Schlosses. Eine Ahnfrau hatte ihn in die Ehe gebracht.

Vor ihnen auf dem Tisch: erlesene Blumen, kostbares Porzellan. Die Löffel, die sie zum Munde führten, waren nicht, wie man bisher gewohnt war, aus Holz, sondern aus schwerem Silber. Gläser klangen zart aneinander, die Stimmen feierlich gedämpft, auf diesem Fest zu Ehren der Äbtissin.

Als die Gäste nach beendeter Tafel die Wagen bestiegen, umdröhnten sie wieder Kanonenschüsse, wie bereits zuvor bei der Ankunft, während der Wagen der Äbtissin über die Brücke des Schloßgrabens in das Hoftor eingebogen war.

Vom Schloß bis nach Friedrichstal paradierten die Bürgerschützen der Städte Lemgo, Horn und Detmold;

paarweise, in Gewehr, mit klingendem Spiel und fliegenden Fahnen. Die Mittelstraße den Kanal entlang war umsäumt von brennenden Lichtern und Illuminationen. Man fuhr dahin auf einem Teppich aus Flimmer gewirkt. Hoch darüber, schon im bläulichen Dämmer, die wuchtigen Kronen der Lindenallee.

Friedrichstal war in ein Paradies verwandelt. Künstliche Ehrenpforten, mit Densprüchen durchflochten, trugen Wappen und Namenszüge des Ehrengastes. In der Orangerie leuchteten reife Pomeranzen und Zitronen zwischen den dunkel-steifen Lorbeerbäumen.

„Welche Pracht! Wahrhaftig königlich", kam es aus den Reihen der Festgesellschaft.

Johanna Charlotte sah sich um und suchte nach den Gemälden und Porzellanen, die ihr seit jenem denkwürdigen Tag damals in Erinnerung geblieben waren.

Man erging sich um den großen Rasenplatz mit der Fontäne und bestaunte die Beete und Rabatten, deren Blumen südlicheren Gefilden entstammten. In Gruppen, in Paaren durchwandelte man die Laubengänge. Ringsum erschollen Pauken und Trompeten. Aus den nahen Wäldern des Büchenberges antworteten Musikkapellen.

Simon Henrich hatte seinen Pflichten als Gastgeber Genüge getan und schaute sich nach Johanna Charlotte um.

Als er von weitem das helle Grau ihres gestreiften Seidenkleides erspähte, ging er auf sie zu und sagte leise: „Entfliehen wir dieser langweiligen Promenade!"

Er reichte ihr den Arm und führte sie zwischen den Lichtern hin zum Säulengang und dahinter die Treppen hinab.

Von einer Terrasse zur anderen stiegen sie nieder. Bis auf die Ebene der Inselwiese. Dorthin waren die Wege erhellt.

Er aber bog links ein und führte sie in den „schwarzen Garten". Von den zurückgebliebenen Lichtern folgte ihnen nur ein matter Schein.

Und sie saßen auf der gleichen Bank wie ehemals. Beide schwiegen; der kostbaren Erinnerung hingegeben, die sie umwob.

Jetzt nahte der Augenblick, ihr die Überraschung zu bereiten.

Doch ehe er sich's versah, war sie seinen Worten zuvorgekommen. Sie müsse ihm etwas sagen. „Darf ich?", fragte sie beinahe schüchtern.

„Alles! Alles!", bat er in gespannter Erwartung.

Und sie begann schwer und vorsichtig.

Es mochte zuerst wohl mühsam für ihn sein, zu verstehen. Seine Gedanken waren doch auf ganz anderes gerichtet, waren ganz bei dem, was *er* ihr sagen wollte. Sie aber forderte von ihm, daß er genau aufmerkte.

Sie sagte wirklich: alles. Ihren Kummer um ihn, ihre Sorge. Die Enttäuschung des Volkes, weil es die Hilfe vermißt, die es von ihm erwartet. Niemand hört, wie die Städte aufbegehren, wie das Landvolk seufzt. Niemand sieht, wie Wohlstand und Zufriedenheit dahinschwindet.

Sie glaubte, es immer noch deutlicher sagen zu müssen. Da sah sie: Er war tief erschrocken. Sie aber konnte nicht mehr zurück. Wollte nicht zurück...

Nun wäre sie am liebsten aufgestanden und leise fortgegangen. Sie fürchtete, sein Gesicht zu sehen. Da brach es aus ihm heraus: „Ich habe meine Pflicht versäumt! Habe die Zeit mit eitel unnützem Tun dahingebracht! Habe gewaltige Summen verschwendet, ungeachtet, welcher Weise sie beschafft wurden."

Es war als hätte das Leben seine ganze Härte aufgespart, um ihm in diesem Augenblick alles geballt entgegenzuschleudern.

Als er sich gefaßt hatte, hob er den Blick zu ihr. Der Dämmer, der sie ihm zuvor so nahe gebracht, ließ jetzt ihr Antlitz nurmehr ahnen.

„Diese Hände mit meinen Küssen zu bedecken, war einst mein schier unbezwingliches Verlangen. Nun ist mir verstattet, sie mit meinen Tränen zu netzen. Johanna Charlotte, mir war das Glück nicht hold; weil *du* es nicht warst. Jetzt bist du's. Anders fürwahr. Aber mitnichten geringer. Hilf mir! Nur du vermagst es. Ich bin allein. Grauenvoll allein. Schmeichler sind um mich; rechte Katzen, voll Ränke und List. Sie haben scharfe Augen und merken schnell, was ihres Herrn Natur und Begehr; wohin er neigt, woran er sich ergötze. Ihres Herrn Laster werden von ihnen als Tugenden ausgerufen, oder doch gelinde beurteilt.

Hilf du mir, Johanna Charlotte", flehte er.

Und sie sagte immer noch mehr. Wie das Volk unter den Contributionen seufze, die aufgebracht werden müssen, „um all dieser kunstvollen Anlagen und äußerer Pracht willen", sagte sie mit einer Handbewegung über den Lustgarten hin; als wäre der an allem schuld.

„Ungebührlich harte Strafen für geringe Verfehlungen verhängen deine Vögte, um Geld zu beschaffen."

Sie solle ihm *alles* sagen, drängte er.

Und sie überdachte, was ihr der Meier vom Schwaghof genannt hatte mit seinem bekümmerten Gesicht. „Das dürften sie nicht machen, daß die Bauern müssen 204 Taler Strafe bezahlen, so sie den verbotenen Weg über Dorf Hartröhren fahren." Und sie sagte von der Erbitterung über die „Monopolien".

Dabei durchfuhr es ihn wie Blitzschlag. Jetzt begriff er. Alles. Er klagte sich an und fragte: „Wie ist es möglich, daß es so kam?" Seine Jugend stand vor ihm. Wie er mit seinem Haushofmeister zu fremden Fürsten geschickt worden war, damit er das höfische Leben recht kennen lerne. Wie es früher die Meinung – auch die seines Vaters – gewesen sei, daß man es seinem Lande schuldig wäre, einen rechten Glanz zu entfalten, der weit über die Grenzen hinaus von sich reden machte.

„So mag es früher gewesen sein", sagte Johanna Charlotte. „Aber eine andere Zeit nimmt ihren Anfang. Denke daran, was uns damals hier auf dem Fest deines Vaters, droben im Saal der Orangerie, die Äbtissin vom Zaren Peter kundgetan hat."

Davon wußte er nichts mehr. „Das habe ich nicht beachtet. Habe nur an *dich* gedacht."

Sie versuchte ihm zu erklären, wie Zar Peter eingesehen hat, daß nur Arbeit und Einfachheit das Volk gesund und glücklich machen könnten. Und sie erinnerte an ihren Vetter, den strengen Preußenkönig, der so sparsam lebe und das gleiche erkannt habe: daß die Arbeit erst den Menschen formt und zum rechten Leben führt. Weil sie uns lehrt, wie aus dem Kleinen das Große entsteht.

„Ich vermeine, daß die Leute nimmer von Gott abhängen mögen, weil sie der Arbeit ledig sein wollen um ungemeiner Ergötzlichkeit willen. Ohne zu bedenken, daß das Leben schwer sein muß, um ein völliges Genüge zu geben."

Gequält presste Simon Henrich beide Handflächen gegen seine Stirn: „Und *ich* meinte, ich müsse es dahin bringen, daß mein Haus in den Fürstenstand erhoben würde; damit wir eine Stimme im Reichstag bekämen! All mein Trachten ging auf dieses ehrgeizige Ziel hin. Und ich habe erst davon abgelassen, als unser alter Minister Piderit mir kundtat, es würde das ganze Land ruiniert, wenn es die Kosten dafür aufbringen sollte. Da kam mich ein Grauen an. Johanna Charlotte, was soll ich tun? Wo soll ich beginnen? Mir bleibt ja nur noch, zu beginnen. Mein Sohn zählt wenig mehr denn ein Jahr. Ich gelobe: Ich will ihn nicht an fremde Höfe schicken, wo er lernt was eitel ist und dem Lande nicht frommt." Und noch einmal: „Hilf mir!"

Schweigend düsterte er vor sich hin. „Johanna Charlotte", sagte er mit einem unvermittelten Aufflammen, als müßte er das alles gegen sie verteidigen, „aber wie vieles hier und in Detmold ist doch entstanden aus Liebe zu dir!"

Sie begriff nicht, was er damit sagen wollte.

„Mein Vater hat manch schöne Porzellane von seinen Reisen mitgebracht, und dann sagte er: „Das wird der Johanna Charlotte gefallen!“ Und beinahe flüsternd: „Johanna Charlotte, er hat dich geliebt.“

Sie wehrte heftig ab.

„Glaubst du, sonst hätte mich's damals so verdrossen, als er im Garten der Favorite vor dir gekniet und dir die Rose überreicht hat?“

Jetzt begriff sie. „Ich schwöre dir, ich habe es nicht gewußt.“

„Das ist deine Schönheit, daß du nicht um sie weißt.“ Und mit einem Anflug von Bitterkeit und Anklage: „Du wußtest auch nicht –“ und sehr leise, aber voll Leidenschaft: „ich habe dich über alles Maß geliebt.“ Darauf sie, noch leiser und sehr langsam: „Es war das Beglückendste...“

Der dunkle Ernst des kaum beendeten Gespräches ließ ihn kaum begreifen, was ihm dieses kühne Bekenntnis schenkte. Aber er wußte, daß es die Wahrheit war.

Sie verharrten in einem wehmütigen Schweigen, dem Glück nahe verwandt.

Weit, weit fort vom festlichen Treiben hatte der „schwarze Garten“ mit seinen schmucklosen Zypressen und Wacholderbäumen das herbe Nahesein dieser beiden Menschen umhüllt.

Sie hatten die ersten Rufe von dort oben überhört. Jetzt wiederholten sie sich und drangen immer näher bis zu ihnen heran. Sie horchten auf. „Das klang doch nicht wie Scherz und Festesfreude?!“

Sie erhoben sich und eilten dahin. Er trug sie fast die Steintreppen hinauf. Der Lärm, immer bedrohlicher, als käme er ihnen entgegen, immer lauter von schrillen Rufen durchschnitten.

Nach dem gedämpften Licht blenden die Fackeln – das sind nicht nur Fackeln – ein gespenstisches Feuerwerk – die Orangerie in Flammen!

Festgesellschaft, Diener, herzugeeiltes Volk – alles drängte sich um die große Fontäne, die allein ihren Gleichmut bewahrte, während die Menschen durcheinanderrannten und schrieen: „Ob alle gerettet sind?" Ja, in letzter Minute. So schnell habe das Feuer um sich gegriffen; obgleich nur ein winziger Tannenzweig Funken fing...

Die einen jammerten um die herrlichen Gemälde, die anderen um das kostbare Meißener Porzellan. Schwere Silberplatten krümmten sich, zerschmolzen und flossen dahin wie blankes Wasser.

Johanna Charlotte stand noch neben Simon Henrich. Beide sahen schweigend in die Flammen. Als redeten die in ihrer glühenden Sprache, was zwischen ihnen stumm bleiben mußte.

„Habt ihr unseren Landesherrn gesehen? Die Augen Seiner gräflichen Gnaden sind rot geweint."

„Kein Wunder! Alles ist dahin, woran er und weiland sein Herr Vater zeitlebens gebaut."

Anders vermochte man seine Bewegung nicht zu deuten. Alle verfolgten wie gebannt den eigenwilligen

Gang des Feuers zwischen Erlahmen und jähem Aufbegehr.

Das Vorrücken der Zeit wurde in diesen Stunden nicht wahrgenommen. Die Glut sorgte für das Erwärmen der kühlen Oktobernacht.

Stückweise stürzten die Wände. Dazwischen krachten Türen zusammen. Auch die mit Fortuna und dem Tod.

Als das Feuer auf den Grundmauern angelangt war, begann der Morgen zu grauen. Gegen vier Uhr ging man auseinander.

Simon Henrich hätte beinahe vergessen, warum er dieses Fest für Johanna Charlotte zugerichtet hatte. Eilig griff er in seine Manteltasche um ein Kästchen herauszuholen.

Wie oft hatte er sich ausgemalt, wie sie es vor seinen Augen öffnen sollte, und er sich an ihrem Entzücken weiden würde! Um dieses eine Mal noch das zarte Band zwischen ihnen zu berühren. Jetzt konnte er dieses Kästchen nur noch dem Schutz ihrer Hände empfehlen und bitten, sie möge daheim die Hülle lösen.

Das Fest war vorüber. Trotz bitterer Erkenntnis und Schrecken in ihrer beider Leben die kostbarsten Stunden.

Johanna Charlotte hatte es schwer bevorgestanden zu sagen, was ihn so hart treffen mußte. Aber ihr war, als hätte nicht *sie* es gesagt; so einfach und selbstverständlich war es aus ihr gekommen. Und er dankte ihr durch den Ernst, mit dem er ihre Anklage entgegennahm.

Als sie in der Abtei angelangt war, löste sie die Hülle seines Geschenkes.

Eine Meißener Tasse in weißem Porzellan. Darauf gemalt eine voll erblühte rote Rose, zwei grüne Blättchen zu ihrer Rechten. Sie erkannte sogleich: die Rose, die sein Vater ihr einst bei der ersten Begegnung im Schloßgarten der Detmolder Favorite überreicht hatte.

Den Tag über versuchte Johanna Charlotte, ein wenig Ruhe nachzuholen. Es wollte nicht gelingen. Allzu gegenwärtig war jeder Augenblick dieser erregenden Nacht. Immer wieder nahm sie sein Geschenk und sah im Geist, wie er dort in Meißen diese Rose geschildert haben mußte, damit sie genau nach seiner Erinnerung und Vorschrift erkennbar wurde. Später fügte sie ihre eigenen Meißener Bestellungen hinzu. „Einsiedler auf verziertem Postament in gehöriger Kleidung mit Muscheln verziert, vor die Äbtissin in Herford. Dazugehörige Einsiedlerin mit einem Hute auf dem Kopfe..." Die Vorliebe für Meißener Porzellan wollte sie in den neuen Lebensabschnitt mit hinübernehmen. Und die Rose sollte noch nach mehr als zweihundert Jahren die schönsten Meißener Tassen zieren.

13.

Der große Tag der Herforder Abtei war gekommen. Vormittags um neun Uhr hatten sich die Geladenen im Lehensaal versammelt.

Verblichenes Braun und Gold der Ledertapete spiegelte hinter den Kerzen der Wandblaker, dadurch schien sich die Zahl der Gäste zu vervielfachen – ihre kostbare Hofkleidung und Uniformen. Dazwischen das Schwarz der Geistlichkeit.

Alles war zugerichtet wie für eine große fürstliche Hochzeit.

Vasallen und Standesherren warteten auf das Eintreffen des Abgesandten vom König in Preußen. Die Glocken der ganzen Stadt läuteten schon seit dem Vorabend und luden ein.

Jetzt ging Bewegung durch die feierlichen Reihen der Wartenden: Die Leibkutsche der Frau Äbtissin war vorgefahren, die den Minister des Königs abgeholt hatte. Er wurde von Offizieren hinaufbegleitet.

Bald darauf wurde die Tür zur Abtei hin geöffnet. Die Äbtissin betrat ihren Lehensaal.

Sie trug ein prächtiges, schwarzes Sammetkleid mit langer Schleppe, die von ihren Hofdamen getragen und zu ihren Füßen ausgebreitet wurde, nachdem sie ihren Thronsessel unter dem roten Baldachin bestiegen hatte; um ihre Schultern königlicher Hermelin.

Während sie dem preußischen Gesandten eine kurze Audienz gewährte, blieben aller Blicke auf sie gerichtet.

Sie sah sehr zart aus nach einer überwachten Nacht

der Erinnerung und Vorausschau an dieser bedeutsamen Schwelle.

Ihre ernsten Gedanken waren Gebet geworden: 'Ich müßte eine andere sein; weiß ich doch, daß ich mit allem guten Willen mein unebenes Wesen nicht ein für alle Mal beschwichten kann. In dieser Nacht spüre ich wie nie zuvor die Hoheit der Stille um mich: Frieden, wie Christus ihn uns bringen wollte. Daß er mich doch begleite und mir helfe...'

Ihr war im Innersten hochzeitlich zumut. Als sollte sie der Pflicht selber zum Altar folgen.

Das war der verhangene Glanz ihrer Augen dort auf dem Thron; trotz der Einsamkeit um sie, die jeden an herrschender Stelle erwartet.

Einige der Prälaten näherten sich. Gewaltig setzten die Glocken ein. Der abteiliche Amtmann gab das Zeichen und ordnete den Zug.

Geistlichkeit und Räte, Kavaliere und Offiziere mußten vorangehen, paarweise, in langer Reihe. Dann die höchsten Ehrengäste der Frau Äbtissin voraus. Sie wurde geführt vom Herzog von Sachsen-Barby, zu ihrer Linken schritt Graf zur Lippe. Zwei Kämmerer trugen die breite, schwarze Sammetschleppe.

Als die Äbtissin das Abteigebäude verließ, salutierten Offiziere zur Rechten und zur Linken mit gezogenem Degen. Es folgten Prälatinnen und Stiftsdamen im Ordenskleid; und zum Schluß kamen alle Hofstaatsbedienten, Pagen, Mohren und Heiducken.

Beim Eintritt der Regentin in die Münsterkirche erscholl Musik mit Trompeten und Pauken.

Während die Gäste im Kirchenschiff ihre Plätze einnahmen, füllte sich der Altarraum bis hin zum abteilichen Chorgestühl mit Hofdamen und Kanonissinnen.

Nach dem Veni Sancte Spiritus gingen die Notarien und Zeugen in die Sakristei, um gemeinsam mit den Kapitularen die Frau Äbtissin abzuholen und vor den hohen Altar zu führen, wo der Thronsessel für sie bereitstand.

Dann folgte die sinnbildliche Übergabe des Hohen Amtes durch den Geistlichen, durch Auflegen der rechten Hand, und danach seitens der Äbtissin die Entgegennahme der abteilichen Würde.

Unter Glockengeläut und Salven wurde sie auf den Thron gehoben.

Das Te Deum Laudamus setzte ein.

Nachdem sie den Segen empfangen hatte, stieg sie vom Thron herab und begab sich in ihr Chorgestühl, das sie während der Predigt den Blicken der Gemeinde entzog.

Graf Simon Henrich hatte bei der Festtafel nicht den Ehrenplatz neben der Äbtissin inne. Sondern der vom König in Preußen abgesandte Minister.

Simon Henrich war ein Gast unter anderen Gästen und saß der Gefeierten schräg gegenüber.

Er war es zufrieden. Seit der heiligen Handlung in der Münsterkirche sah er sie nurmehr wie von einer jenseitigen Ferne herübergrüßen, entrückt jedem eigenen Begehr.

Beim Abendgespräch in Friedrichstal hatte er erfahren, daß aus solch jenseitiger Ferne wahrhafte Erkenntnis kommen kann und große Hilfe.

Register

S.5: Äbtissin – Stiftsvorsteherin
S.5: boudoir – (veraltet) elegantes Zimmer einer Dame

S.8: Witfrau – (veraltet) Witwe
S.8: Liebde/r – (veraltet) ehrende Anrede an Adlige
S.8: prätendieren – Anspruch erheben, fordern oder behaupten, vorgeben

S.9: Kanonissin – Stiftsdame

S.11: bleu mourant – erloschenes, sterbendes Blau
S.11: rose fanée – verwelktes Rosa
S.11: alterieren – jmd. aufregen, ärgern

S.12: Koadjutor/in – jmd, der den durch Alter oder Krankheit verhinderten Stelleninhaber mit dem Recht der Nachfolge vertritt

S.16: Kaskaden – künstlicher stufenförmiger Wasserfall

S.17: Piepe – gemeint ist hier eine Wasserleitung
S.17: Hede – für Werg (= Flachs-, Hanfabfall)

S.18: Schneppentaillen – Schneppe: schnabelförmige Spitze eines Kleidungsstückes

S.19: Kumpst (auch Kumst) – gegorener Weißkohl, dem Sauerkraut verwandt.

S.19: Scheuer – landsch. für Scheune

S.23: Réprimande – landsch. veraltet für Tadel; (franz.) Strafpredigt
S.23: Louis d'or – (Likör oder) Goldmünze (Louisdor) nach Louis XIV benannt

S.25: Diamant-Agraffe – Agraffe: als Schmuckstück dienende Schnalle oder Spange

S.27: hors d'elle même – (franz.) außer sich

S.28: Spitzenjabot – Jabot: am Kragen befestigte Spitzen- oder Seidenrüsche

S.29: Surporten – Supraporte: Dekorationsgemälde über der Tür
S.29: reprise der Ècossaise – Ècossaise: Gesellschaftstanz des 18. u. 19. Jh.s in raschem 2/4-Takt

S.31: Podagra – Fußgicht, (Zipperlein)

S.32: Escarpin – (franz.) leichter Tanzschuh
S.32: Sarabande – langsamer Tanz im 3/4-Takt

S.33: Kalesche – leichtgebaute Kutsche mit zusammenklappbaren Verdeck

S.34: Orangerie – in die Anlage barocker Schlösser einbezogenes Gewächshaus zum Überwintern von exotischen Gewächsen, bes. von Orangenbäumen (in Parkanlagen des 17. u. 18. Jh.s)

S.35: reichbetresst – Tresse: (franz.) Borte, Geflecht
S.35: bergère – bequemer, gepolsteter Lehnsessel

S.38: Bojaren – hohe Adlige im alten Rußland
S.38: Sarafan – (zur russischen Frauentracht des 18. u. 19. Jh.s gehörendes) ärmelloses Überkleid mit angesetztem Leibchen

S.44: merveilleux – (franz.) wundervoll, herrlich

S.48: désaccord – (franz.) Mißklang, Uneinigkeit

S.54: Reußen – früher für Russen

S.56: Ysop – Heil- und Gewürzpflanze
S.56: Corpus bonorum – Belegsammlung

S.57: Coiffure – veraltet für kunstvoll gestaltete Frisur

S.60: traktieren – (veraltet) reich bewirten

S.61: maître d'hotel – (franz.) Oberkellner

S.62: Tragant – aus verschiedenen Arten des Tragants (Pflanze) gewonnene, gallertartige, quellbare Substanz, die zur Herstellung von Klebstoffen verwendet wird

S.64: benevolent – wohlwollend

S.69: Blaker – metallene (Wand)leuchte mit reflektierendem Schild

S.73: wider den Stachel zu löcken – Widerstand leisten

S.76: méchant – (franz.) boshaft, bösartig, erbärmlich

S.77: zernichten – (veraltet) vernichten

S.82: Lafette – fahrbares Untergestell eines Geschützes

S.86: Ohm – früheres Flüssigkeitsmaß

S.91: Weinzappen – die Weinbestände verteilen
S.91: caupo – Wirt

S.95: mesures – Maßnahmen

S.96: verwittibt – (veraltet) verwitwet

S.97: Kapitel – Körperschaft der Geistlichen einer Stiftskirche / Versammlung eines (geistlichen) Ordens
S.97: Dechan/issin – höhere/r katholische/r Geistliche/r; Vorsteher eines Kirchenbezirks innerhalb einer Diözese, eines Domkapitels / Superintendent

S.98: Hebdomadarius – katholischer Geistlicher, der im Kapitel oder Kloster den Wochendienst hat

S.98: dessin– Plan, Entwurf, Muster
S.98: contrecarrierung – contrecarrer: (franz.) jmd entgegenarbeiten, vereiteln

S.101: Pressur - Pression, Druck, Nötigung, Zwang

S.103: recommandation – Empfehlung
S.103: Praebende – kirchliche Pfründe
S.103: resolvieren – (veraltet) beschließen
S.103: solemne – von lat. solemnis: festlich, feierlich
S.103: Investitur – Einweisung in ein geistliches Amt

S.112: Komturhaus – Verwaltung

S.114: Pomeranze – der Apfelsine ähnliche, aber kleinere Zitrusfrucht

S.124: Heiduck – Diener eines Magnaten (hoher Adliger) in Österreich-Ungarn

S.127: ponceau – leuchtend orangerot, hochrot

Nachwort

Im Alter war Hertha Koenig eine einsame Frau. Die letzten Jahrzehnte ihres Lebens verbrachte sie weitgehend allein mit ihrer Haushälterin Maria auf dem entlegenen westfälischen Gut Böckel. Unnahbar soll sie gewesen sein, sei es aus Scheu, sei es aus Hochmut, gewachsen aus dem Gefühl des Unverstandenseins in ihrer Zeit. Eine fast vergessene Dichterin, die, wie viele ihrer Generation, im Nachkriegsdeutschland kaum Gehör fand. Die meisten von ihnen hat sie überlebt: Als Hertha Koenig 1976 starb, war sie zweiundneunzig Jahre alt.

Die Ignoranz ihrer Zeitgenossen muß sie als kränkend empfunden haben. Und mehr noch: Das scheinbar leichtfertige Über-Bord-Werfen von alten Werten und bewährten Tugenden sah sie als Gefahr, als Verlust von Kultur und Menschlichkeit. In ihrem eigenwilligen Monolog „An Jedermann", der 1951 erschien, macht sie dies unmißverständlich deutlich.

Erst der Nachlaß, aus dem die hier veröffentlichte „Lippische Rose" stammt, zeigt, daß Hertha Koenig in all den darauffolgenden Jahren eine emsige Schreiberin geblieben ist, daß sie nicht aufgegeben, sondern immer neue Stoffe in Angriff genommen hat, obgleich nur noch zwei ihrer Prosatexte in den sechziger Jahren einen Verleger fanden, der Essay über „Rilkes Mutter" und der Roman „Der Fährenschreiber von Libau", in dem sie auch die Geschichte ihrer Vorfahren erzählt.

Die Gegenwart jedoch spart sie aus. Hertha Koenig

wendet sich historischen Themen zu. Die Dichterin, die zu Anfang des Jahrhunderts in einem dunkel drängenden Tonfall Blumen und Landschaften in gleichnishaften und schwebenden Bildern beschwor, schafft jetzt den Figuren ihrer Prosa einen realen und soliden Boden, ein stabiles Gerüst geschichtlicher Zusammenhänge. Und immer öfter entlehnt sie die Figuren selbst einer historisch verbürgten Vergangenheit.

So sind auch die Protagonisten in der „lippischen Rose" nicht frei erfunden. Hertha Koenig hat gründlich recherchiert und ein Stück westfälischer Geschichte aus dem frühen 18. Jahrhundert auferstehen lassen. Handlungsrahmen und Schauplätze, die Hauptfiguren und sogar manche der kleinen Nebenrollen decken sich mit historischen Ereignissen und Personen. Die Fiktion beginnt dort, wo die Figuren zum Leben erwachen.

Da ist zunächst die Äbtissin der freiweltlichen Abtei Herford, eine imposante und eloquente Person mit dem klangvollen Adelstitel „Herzogin von Livland, Kurland und Semgallen" und zudem eine Cousine des Preußenkönigs, Friedrich Wilhelms des Ersten. Eine streitbare Herrscherin, die mit Geschick die Belange der Abtei zwischen konkurrierenden Interessen von Lutheranern und Reformierten zu wahren sucht, die in der Verwaltung der weitgestreuten Lehen und Besitztümer keine Einmischung duldet.

Die Äbtissin denkt fortschrittlich, Standesdünkel sind ihr verhaßt, und ihre Verehrung gilt nicht etwa heimischen Regenten, sondern dem russischen Zaren, Peter dem Ersten, dessen Herrschaft sie für streng und

Hertha Koenig, ca. Mitte der 50er Jahre

gerecht hält, der ihr als Vorbild dienen mag, und den sie vehement gegen seine Kritiker verteidigt. Früher, im Haus ihres Vaters in der baltischen Heimat, ist sie ihm persönlich begegnet. „Daß sie selbst seinem Zauber einst erlegen“, behält sie allerdings für sich.

Die Verschwendungssucht am Detmolder Hof ist der rechtschaffenen Äbtissin ein Dorn im Auge. Den Grafen Friedrich Adolph zur Lippe, der in seiner Residenz nicht nur üppige Feste feiert und aufwendige Gartenanlagen unterhält, sondern nach holländischem Vorbild ein künstliches Kanalsystem geschaffen hat, um die Residenz mit dem Lustgarten Friedrichstal zu verbinden, betrachtet sie mit milder Herablassung und leisem Spott.

Friedrich Adolph ist prunksüchtig, temperamentvoll und unbedacht, liebt die Genüsse des Lebens und erscheint in der Darstellung Hertha Koenigs gelegentlich beinahe kindisch, doch keineswegs ohne Sinn für Kunst und Ästhetik. Die Szenen des Festmahls, das er nach einer gemeinsamen Jagdpartie in den Pyrmonter Bergen für den Zaren ausrichten läßt – auch der Besuch Peters des Ersten ist historisch belegt – gehören zu den lebendigsten und humorvollsten des Romans. Mit Ironie und manchmal fast burlesker Komik schildert Hertha Koenig die sprunghaften Gedanken des berauschten Grafen, berauscht vom Wein und von der eigenen Größe. „Bin ich's wirklich – solcher Ehre teilhaftig – ich...“ Immer neue „Kübel mit dem feurigen Wein“ läßt er auffahren, „Mehr! Mehr!“, hört er sich rufen, und leise irgendwo im Hinterkopf die mahnende Stimme des Finanzministers: „Weiter dürfen wir nicht gehen ... ansonsten unser Land ruiniert – "

Als Jahre darauf Friedrich Adolphs ältester Sohn Simon Henrich die Nachfolge antritt, kann der drohende finanzielle Ruin des Landes nur durch eine erdrückende Abgabenlast und immer neue repressive Vorschriften für Handwerk und Handel aufgehalten werden. Dabei scheint der Sohn dem Wesen nach zarter besaitet als der Vater, weniger prunksüchtig und weniger eitel. Doch weiß er nichts von der strengen Zucht seiner Minister. Bis die Markgräfin Johanna Charlotte von Brandenburg-Schwedt, die designierte Nachfolgerin der alten Äbtissin, ihm die Augen öffnet.

Die Geschichte zwischen Simon Henrich und Johanna Charlotte spinnt sich wie ein roter Faden durch den Roman, gibt ihm Halt und Spannung. Es ist die Geschichte einer ungelebten Liebe, geprägt von Zaudern, Verschweigen und schwärmerischer Sehnsucht. Hertha Koenig war Anfang siebzig, als sie die „lippische Rose" schrieb. Und noch einmal greift sie das Thema ihrer frühen Lyrik auf, das Thema, das in fast allen ihrer Erzählungen und Romane anklingt – das Thema, das ihr eigenes Leben bestimmt hat, damals, während ihrer jahrelangen unglücklichen Leidenschaft für den baltischen Dichter Otto von Taube. Jetzt läßt sie Johanna Charlotte träumen: „Wie es nur den herben und zugleich zärtlichen, den großen Herzen vorbehalten ist: den Traum unerfüllbarer Liebe."

In diesem Fall allerdings sind auch die äußeren Umstände denkbar ungünstig: Johanna Charlotte ist Witwe

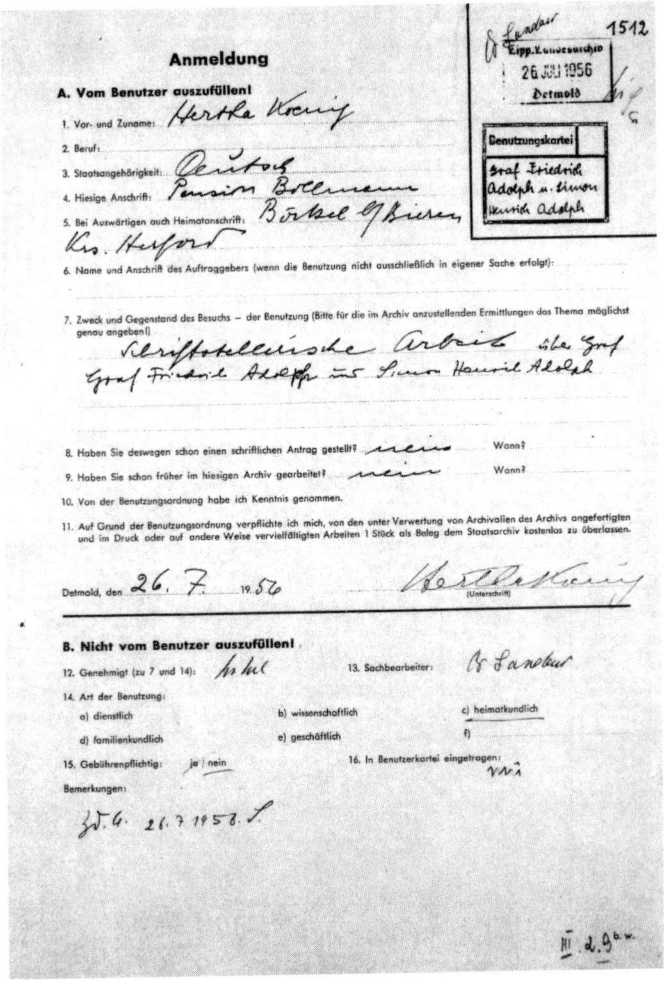

Lipp. Landesarchiv 26. JULI 1956 Detmold

1512

Benutzungskartei: Graf Friedrich Adolph u. Simon Heinrich Adolph

Anmeldung

A. Vom Benutzer auszufüllen!

1. Vor- und Zuname: Hertha Koenig
2. Beruf:
3. Staatsangehörigkeit: Deutsch
4. Hiesige Anschrift: Pension Bollmann
5. Bei Auswärtigen auch Heimatanschrift: Böckel ü/Bieren Krs. Herford
6. Name und Anschrift des Auftraggebers (wenn die Benutzung nicht ausschließlich in eigener Sache erfolgt):
7. Zweck und Gegenstand des Besuchs – der Benutzung (Bitte für die im Archiv anzustellenden Ermittlungen das Thema möglichst genau angeben!)
   Schriftstellerische Arbeit über Graf Graf Friedrich Adolph und Simon Heinrich Adolph
8. Haben Sie deswegen schon einen schriftlichen Antrag gestellt? nein Wann?
9. Haben Sie schon früher im hiesigen Archiv gearbeitet? nein Wann?
10. Von der Benutzungsordnung habe ich Kenntnis genommen.
11. Auf Grund der Benutzungsordnung verpflichte ich mich, von den unter Verwertung von Archivalien des Archivs angefertigten und im Druck oder auf andere Weise vervielfältigten Arbeiten 1 Stück als Beleg dem Staatsarchiv kostenlos zu überlassen.

Detmold, den 26. 7. 1956 Hertha Koenig (Unterschrift)

B. Nicht vom Benutzer auszufüllen!

12. Genehmigt (zu 7 und 14): [illegible] 13. Sachbearbeiter: Landaur

14. Art der Benutzung:
   a) dienstlich b) wissenschaftlich c) heimatkundlich
   d) familienkundlich e) geschäftlich f)

15. Gebührenpflichtig: ja / nein 16. In Benutzerkartei eingetragen: [illegible]

Bemerkungen:

z. d. A. 26. 7. 1956. [illegible]

III 2.9 b. w.

Benutzer-Anmeldung von Hertha Koenig
im Lippischen Landesarchiv, Detmold

und Mutter mehrerer Kinder, Simon Henrich, der Erbgraf, ein hochaufgeschossener Jüngling, als sie ihm auf einem Gartenfest in der Detmolder Residenz zum ersten Mal begegnet. Der Vater, Friedrich Adolph, hat für Johanna Charlotte vom schönsten Strauch eine Rose gepflückt und die Eifersucht seines Sohnes geweckt. Am Ende des Festes wird sie dem Sohn die Rose schenken – die „lippische Rose", ein symbolisches Spiel mit dem historischen gräflichen Wappen.

Die Liebe mündet in Einsicht und Vernunft. Johanna Charlotte entscheidet sich für die Abtei, Simon Henrich regiert das Land, zeugt Nachkommen und ist dankbar für Freundschaft und Rat der neuen Äbtissin. Ein versöhnliches und beschauliches Ende. Nur in den wenigen Momenten verhaltener Leidenschaft schlägt Hertha Koenig noch einmal den vertrauten Ton der Dichterin an: „Johanna Charlotte zog es mehr zu den Blumen, die sich verwandt hineinflochten in das unwirklich traumhafte Vorübergleiten der kurzen Augenblicke drüben jenseits der Insel zwischen den dunklen Zypressen."

Die versunkenen Welten von einst, verfallen und von morbider Schönheit, die Hertha Koenig in ihren Gedichten aufscheinen ließ, sind einer realen Kulisse gewichen. In der späten Prosa nehmen die Schemen der Vergangenheit klar umrissene Konturen an. Im Sommer 1956 hat Hertha Koenig nachweislich das Staatsarchiv Detmold konsultiert und später eine Fülle recherchierter Details in ihren Text eingearbeitet.

Die Gartenanlagen Friedrich Adolphs, Blumenbeete,

Kaskaden und Orangenhaus, die Zypressen, die ein Hauptmann Zütterich aus Köln besorgt hatte, das Kanalsystem mit drei Schleusen nach holländischem Vorbild, dessen Dämme ständig ausgebessert werden mußten, weil Maulwürfe dort ihr Unwesen trieben, der Krötenteich und die vom Künstler Camminata gestaltete Muschelgrotte – all das und viele weitere Einzelheiten lassen sich im Archiv belegen. Tatsächlich war die gräfliche Privatschatulle ständig leer, schuldete man dem Juden Moses Jakob in Horn noch 135 Taler für Nägel, sparte der Graf notgedrungen seine Bad Emser Badegelder, wurde versucht, die aufwendigen Feste durch den Verkauf von Kumpst zu finanzieren. Und nachweislich haben die lippischen Grafen mit ihrer Verschwendungssucht das Land damals beinahe ruiniert, Handwerker und Bauer mit Abgaben, Vorschriften und Strafen drangsaliert.

So entsteht ein lebendiges und authentisches Bild der Grafschaft Lippe in den Jahren von 1715 bis 1729. Auch die Sprache der Zeit hat Hertha Koenig in vielen Passagen nachempfunden, die Einsprengsel des Französischen in der gehobenen Konversation, den geschwollenen Tonfall gräflicher Schreiben, über den die alte Äbtissin sich mokiert: „...Der Junius weckt die Begierde, im Grünen sich zu ergötzen. Dahero wir beschlossen, nach dem Grünen lustierende Gäste zu laden..." Friedrich Adolph läßt bitten.

Bis ins hohe Alter hat Hertha Koenig um Sprache gerungen. Obgleich sie in der Öffentlichkeit kaum Beachtung fand, und, wie der Nachlaß zeigt, zahlreiche

Texte nicht gedruckt wurden. Manches blieb unbeendet. Doch immer wieder hat sie von neuem begonnen, Stunden gebeugt über vergilbten Papieren gesessen, Namen, Jahreszahlen und Talersummen notiert, Stoff für ein weiteres Vorhaben gesammelt und später die Kraft und den Fleiß aufgebracht, dem Stoff eine literarische Form zu geben. Sie wird nicht anders gekonnt haben. Trotz der Zweifel und Anfechtungen, mit denen sie ihr Leben lang zu kämpfen hatte. Schreiben war ihre Leidenschaft – eine gelebte Leidenschaft, fast bis zuletzt.

Stefanie Viereck

LIPPE Regierende Linie zu Detmold

Stammtafelauszug

- Simon VI. † 1613
  - Simon VII. 1587, 1613—1627
    - Hermann Adolf 1616, 1652—1666 ∞ II 1666 Amalie Lippe-Brake
      - Simon Henrich 1649, 1666—1697 ∞ 1666 Amalie Dohna, 1644—1700 1686 Erbin Vianen-Ameiden
        - Friedrich Adolf 1667 1697—1718, ∞ I 1692 Joh. Elis. Nassau-Dillenb. Schb., II 1700 Amalia Solms
          - Simon Henr. Adolf 1694, 1718 bis 1734, ∞ 1719 Joh. Wilh. Nassau
            - Simon August 1727 (1734) 1747—1782
          - Karl Friedrich 1695—1725
          - Friederike 1711—1766, ∞ 1736
        - **Ferdinand Christian Verfasser der Memoiren** 1668—1724, ∞ I 1695 Henriette Urs. Dohna (Coppet), II 1713 Ursula Anna Dohna-Schlob.
          - Friedrich Alex. 1700—1769
            - (Friederike ∞ Friedrich Alex.:)
              - Friedrich Christ. 1752—1777
              - Sim. Ludw. Wilh. 1753—1776
          - Amalia Elis. 1697—1730 ∞ 1721 Albr. Christ. Dohna-Schlob.
        - Heinr. Ernst ⚔ 1691 — Charl. Alb. † 1740 ∞ Karl Wied-Runkel
        - Christ. Ludw. † 1747 ∞ Fontaine — Theod. Emil ⚔ 1709
        - Simon Karl ⚔ 1703 — Sophie Flor. † 1758, ∞ Max Heinr. Wied-R.
        - August Wolfhart † 1739, Kaiserl. Feldm. Ltn.
      - Johanna Elis. † 1690, ∞ 1677 Christ. Friedrich Dohna-Reichertsw., Epitaph Kirche Mohrungen
  - Otto zu **Brake** † 1657
    - Kasimir † 1700
      - Rudolf † 1707 — Otto ⚔ 1688 — Ferdinand ⚔ 1703
    - Amalie † 1676, ∞ 1666 Herm. Ad. Gr. z. L.
    - Wilhelm † 1690 Niederl. Obrist in England
      - Friedr. Wilh. ⚔ 1697 als Sachs.-Goth. Rittm. in Ungarn
    - Friedrich † 1684
      - Ludw. Ferd. † 1709 Letzter des Hauses Brake
    - Georg † 1703 Wolfenb. Generalltn. ∞ Sauermann
    - Augustus † 1701 Hess. General-feldm.
  - Philipp zu Alverdissen-**Bückeburg** † 1681 (Sohn: Friedrich Christian † 1728)

Wir danken für die Förderung dieses Projektes:

Hertha Koenig-Gesellschaft e.V.

Nyland-Stiftung

Sparkassenstiftung Kunst und Kultur
der Sparkasse Bielefeld

Originalausgabe
Veröffentlicht im Pendragon Verlag
Günther Butkus, Bielefeld 2003

Umschlag und Herstellung: Michael Baltus
Lektorat: Martine Legrand-Stork
und Isabell Mikolajczyk
Satz: Pendragon Verlag auf Macintosh
Schrift: Adobe Garamond
ISBN 3-934872-40-9
Printed in Germany

— Buch —

Hertha Koenig

Frühling im Herbst

Die Literaturkritiker der zwanziger Jahre hielten Hertha Koenig und Ricarda Huch für die größten deutschen Lyrikerinnen ihrer Zeit.
Katharina Kippenberg, in deren Leipziger Insel Verlag die Gedichte von Hertha Koenig erschienen, schreibt über die Sonette der Dichterin: „...sie sind außerordentlich weich und dunkel und wirken wie eine Kohlezeichnung mit musikalischen Linien."

„Als sollte sie nur in der Widmung von Rilkes fünfter Duineser Elegie überleben. Dabei galt Hertha Koenig (1884 bis 1976) in den zwanziger Jahren als bedeutende Lyrikerin. Nun können wir die Verse einer fast unbekannten Dichterin lesen („O nach Liebe flammt mein Blut"), die in Schwermut verstummt ist, in den letzten 30 Jahren ihres Lebens als einsame Gutsherrin auf dem westfälischen Hof Böckel."

DIE ZEIT

Gesammelte Gedichte,
Mit einem Nachwort von Stefanie Viereck
112 Seiten, Festeinband, ISBN 3-929096-79-X
Euro 12,80/SFr 23,40

— *CD* —

Hertha Koenig

Frühling im Herbst

Im Herbst 1999 ist ein bibliophiler Auswahlband mit Gedichten von Hertha Koenig unter dem Titel „Frühling im Herbst" im Pendragon Verlag erschienen. Aus diesem Anlaß hat Ulrike Gehrold einige Blumengedichte vertont und ihre Lieder bei der Buchvorstellung vorgetragen.
Sehnsucht und Hoffnung klingen in ihren Kompositionen an, verdichten sich zu einem unvergleichlichen Gesang, getragen von leiser Melancholie und großer Stimmkraft. Die unerfüllte Liebe der Dichterin wächst mit der Musik in eine Dimension, die in Worten nicht zu fassen ist, ergreift den Zuhörer im Innersten.

Gedichte von Hertha Koenig
gelesen von Therese Berger

Lieder von Wolfgang Amadeus Mozart
Robert Schumann und Ulrike Gehrold
gesungen von Ulrike Gehrold

Audio-CD
Gesamtspieldauer: 62′17 min.
ISBN 3-934872-06-9
Euro 15,40/SFr 28,20